シュガーアップル・フェアリーテイル

銀砂糖師と金の繭《まゆ》

三川みり

17759

角川ビーンズ文庫

CONTENTS

シュガーアップル・フェアリーテイル
銀砂糖師と金の繭

シュガーアップル・フェアリーテイル

STORY&CHARACTERS

今までのおはなし

水の妖精ミスリルに寿命が訪れようとしている。銀砂糖師アンは彼の命を繋ぐため、シャルとミスリルと一緒に、死の淵から蘇ったラファルを探すことに。運良くラファルとエリルに出会えるも、ラファルが生き返った秘密と交換条件で、彼らの旅に同行することになる。しかし、彼らの旅の目的地〈最初の砂糖林檎の木〉に着いた直後、アンはラファルに剣で刺し貫かれて…!?

砂糖菓子職人の3大派閥

3大派閥……砂糖菓子職人たちが、原料や販路を効率的に確保するため属する、3つの工房の派閥のこと。

銀砂糖子爵
ヒュー

ラドクリフ工房派
工房長
マーカス・ラドクリフ

マーキュリー工房派
工房長
ヒュー・マーキュリー
（兼任）

ペイジ工房派
工房長
グレン・ペイジ

砂糖菓子職人
ステラ・ノックス

工房長代理 銀砂糖師
ジョン・キレーン

工房長代理 銀砂糖師
エリオット

砂糖菓子職人
キング

砂糖菓子職人
ナディール

職人頭
オーランド

工房長の娘
ブリジット

本文イラスト／あき

一章　目覚めと驚愕

　空には、不吉《ふきつ》なほど美しいピンク色の雲が広がっている。淡《あわ》い夕暮れの光の中で、シャルは抱《だ》きしめていたアンの頬《ほお》に手を添《そ》えて口づけた。

　――恋人《こいびと》の証《あかし》だ。

　アンはこの瞬間《しゅんかん》にそれを望んでくれた。それが愛《いと》おしくてやるせなくて、ただ彼女の望みどおり、恋人の証を贈《おく》ることしかできなかった。

　口づけると、アンは満足したように目を閉じた。

「アン……？」

　唇《くちびる》を離《はな》す。

　彼女はわずかに微笑《ほほえ》むような表情だったが返事はない。呼吸は糸のように細い。体には力がなく、流れ出た血だけがじわじわとシャルの膝《ひざ》を濡《ぬ》らしている。

「アン！」

　今一度しっかりと抱きしめるが、目は開かず、体に力は戻《もど》らない。もはや手遅《ておく》れなのは明らかだった。

——なぜこんなことになった⁉

叫《さけ》び出したいような激情があふれ、同時に絶望感が全身を引き絞《しぼ》る。内側から膨《ふく》れあがる感情で、体が光になって消え散りそうだ。

「アン……アン……」

体の中で暴れ、肌《はだ》を食い破りそうな感情とは裏腹に、呼ぶ声はかすれる。ただ抱きしめることしかできず、シャルは呻《うめ》く。

失いたくなかった。だが失うであろうことは、もうわかっていた。

「シャル！」

背後から突然《とつぜん》呼ばれた。

誰《だれ》かが近づいてきたことにも気がつかないほど動揺《どうよう》していたシャルの傍《かたわ》らに、後ろから回りこむようにして銀の髪《かみ》の妖精《ようせい》がふわりと座った。エリル・フェン・エリルだ。

「……エリル……貴様……」

声は獣《けもの》のうなり声のように低く、喉《のど》に絡《から》んだ。アンは誰にやられたとも言わなかったが、ラファルの仕業《しわざ》以外には考えられなかった。となると、エリルもまたアンをこんな目に遭《あ》わせた一人なのだ。アンの体を抱きしめる腕《うで》が、怒《いか》りに震《ふる》えた。

エリルはアンの姿を目にするなり蒼白《そうはく》になり、シャルの怒りの表情にも声にもかまわず顔をあげて真っ直《す》ぐこちらを見た。銀の瞳《ひとみ》が淡い夕暮れの光にきらめいているのは、涙《なみだ》ぐんでいるからだった。

「まだ息がある。僕なら、助けられるかもしれない！」

エリルはさっと両掌《てのひら》を広げ、シャルが抱きしめているアンの体の上にかざした。

咄嗟《とっさ》に、アンの体をエリルの両掌から遠ざけるように庇《かば》う。エリルが顔をあげ、真剣《しんけん》な瞳で訴《うった》えかける。

「信じて。僕のことを信じて、お願い。早くしないとラファルが気づいてしまう」

もう誰にも指一本、アンに触《ふ》れさせたくない。そんなふうにシャルの中で感情が暴れる。

「信じて、お願い！」

エリルはアンを助けられるかもしれないと言った。その目には必死さがある。

この瞬間、もし一筋でも希望があるならそれにすがりたかった。

シャルは腕の力を緩《ゆる》めて、許すようにエリルの前にアンの体を向けた。警戒心《けいかいしん》と憎《にく》しみはまだシャルの表情を歪《ゆが》ませていたが、エリルは礼を言うかのように頷《うなず》く。

再びエリルは、両掌をアンの体に近づけた。すると彼の両掌から、銀の光の粒《つぶ》があふれ出す。それは貴石の妖精が鋭《するど》い刃物《はもの》を作り出す時に、空間から寄せ集める光に似ていた。

エリルがゆっくりとアンの首から下へ向けて手を動かす。細かい銀の光は、きらめきながらゆるやかに流れ、アンの体を慰撫《いぶ》するようにまつわりつく。まるで体をやさしく温めようとするかのように、震えるように、ためらうように、銀の輝《かがや》きが彼女を包む。

エリルの頬にかかる銀の髪が、小刻みに震え輝く。必死の表情を浮《う》かべる横顔には、純粋《じゅんすい》な、幼いがゆえの懸命《けんめい》さがある。

光の粒はアンのドレスに触れ、肌に触れ、睫《まつげ》に触れ、髪に触れ、あらゆる場所に触れる。そして触れた場所から染《し》みこむように消えていく。

すると細い糸のように今にも途切《とぎ》れそうだったアンの呼吸が、すっと楽な音に変わる。刻々と広がっていたドレスの血の染みが、ゆっくりと広がりを止める。

「……これは」

銀の光に包まれるアンを見つめ、呆然《ぼうぜん》とした。

エリルは手をかざし続けながら答えた。

「僕には、失われそうな命を繋《つな》ぎとめて壊《こわ》れかけた体を修復する力がある。人間には試《ため》したことないけど……。傷が今……ふさがってると思う」

銀の光の粒は、アンを抱きしめたシャルの腕にも降りかかる。それが降りかかると、そこからすっとなにかが染みこんでくるような感触《かんしょく》がした。

──命を繋ぎ、体を修復する能力？

妖精には生まれながらに、必ず一つの特殊《とくしゅ》能力がある。しかしエリルに関しては、その能力が二つあったということだろう。

思い返せば、その要因はあったのかもしれない。

エリルが生まれ出たダイヤモンドには、白い澱《おり》が内包されていた。それが二つ目の能力の源の可能性がある。時が満ちても、彼がなかなか生まれ出られなかったのも、そんな特殊な能力を備えていたからなのだろうか。

「もう、いいはずだよ」

ほっと息をつき、エリルは手を引く。

シャルは消え残った銀の光をかき分けるようにして、アンの傷のあたりに手を触れた。血に濡れてべたついてはいたが、ドレスの裂《さ》け目に触れるとなめらかな肌の感触がした。

傷が消えている。

それを確認《かくにん》した瞬間、体の中で暴れ回っていた憎悪《ぞうお》と怒りと哀《かな》しみと絶望が、一気に抜《ぬ》けた。そのせいか気持ちも思考もからっぽになり、なにも感じずなにも考えられなくなる。突然、真っ白な夢の中に放《ほう》り出されたような心地《ここち》だった。

「たぶん大丈夫《だいじょうぶ》。アンは助かる。長く眠《ねむ》るかもしれないけど」

エリルは言いながら立ちあがる。そして、

「ごめんなさい」

か細い声でそれだけ言うと、ぱっと身をひるがえした。下草を蹴散《けち》らして駆《か》け去っていくエリルの後ろ姿を見送っていると、徐々《じょじょ》に現実感が蘇《よみがえ》り思考が戻ってきた。

——……なぜ謝った。

まず考えたのはそのことだった。ラファルの所業を止められなかったことへの謝罪なのか、もしくはもっと別のなにかへの謝罪なのか。

しかしあれこれと考えているときではなかった。ラファルがどこにいるのかわからないが、エリルがアンを助けたことを知れば、彼はまた襲《おそ》ってくるはずだ。こんな状態のアンを連れ、ラファルとまともに対峙《たいじ》できるとは思えない。急いでここを離れる必要がある。ラファルの所業を思えば、今すぐにでも探し出して斬《き》り伏《ふ》せたい。

だがなによりも、アンを助けることが優先だった。

アンの唇は青く、肌の色も白かった。呼吸は浅く、ゆっくりだ。危《あや》うい感じはしたが、刻々と命が奪《うば》われていく様子はない。弱々しくとも安定している。

シャルはアンの体を抱《かか》えあげると箱形馬車に向かった。

温かい幸福感に包まれながらまどろみ、アンは明るい世界をふわふわと漂《ただよ》っていた。あまりにも心地いいので、ずっとこうやっていたいと思う。

なのに遠くから、誰かがアンを呼び続けている。

もうすこし、このままでいたかった。

しかし誰かの指が目覚めを促《うなが》すように、アンの手に触れる。ひんやりとした指の感触は気持ちよくて、砂糖菓子《がし》を作りながら常に指を冷やしていた母親のエマを思い出す。

――ママ？

アンを起こそうとするのがエマならば、もうすこし甘えて、ぐずぐずと眠っていたい。だが。

「……アン」

はっきりと聞こえたのは、低いのに涼《すず》やかな甘い声だ。それはエマの柔《やわ》らかい声とは違《ちが》ったが、アンが今、エマよりも、誰よりも聞きたかった声だったことに気がつく。

この声に呼ばれるのならば、すぐに目覚めなければならない。

――この声が聞きたかった……。綺麗《きれい》な黒い瞳も、見たかった。シャルの綺麗な瞳。

そこでようやく、自分を呼ぶのが誰なのか思い出す。

――シャル？

目を開くと、とんでもない近さにシャルの顔があった。アンの顔を覗《のぞ》きこんでいたのだ。

シャルは、アンが目をまん丸に開いているのを認めたらしい。憂鬱《ゆううつ》そうだった黒い瞳に、驚愕《きょうがく》の色が表れる。そしてすぐにそれは安堵《あんど》へと変わる。

「ようやくお目覚めか」

皮肉な口調で言いながら、アンの頬《ほお》に手を添《そ》える。しかし口調とは裏腹に目は優《やさ》しい。

「……シャル」

呼んだ声がひどくかすれていた。喉《のど》が痛いほどに渇《かわ》いている。

なにがどうなっているのか、よく分からなかった。

アンは必死に、気を失う前のことを思い出そうとした。

――そうだ……わたしたちはミスリル・リッド・ポッドのために、ラファルたちと一緒《いっしょ》に最初の砂糖林檎《りんご》の木を見つけようとしていたんだ……。

ぼんやりとそこまで記憶《きおく》が戻《もど》ると、突然《とつぜん》、ぱっと斬りこまれるように鮮明《せんめい》な映像が見えた。目の前には、美しい夕焼け雲。ラファルの曖昧《あいまい》な髪《かみ》の色。耳に、彼の囁《ささや》いた声が聞こえた。

『命をもらう。可愛《かわい》い銀砂糖師』

その声が今まさに耳元で囁かれたような気がして、息ができなくなる。

「あ……あ……」

頭が真っ白になる。がたがたと体が震《ふる》え、喉が引きつったような音を立てた。

「アン！」

シャルが上から覗きこみ、ぎゅっとアンの両肩《りょうかた》を握《にぎ》った。

「落ち着け！　俺はここにいる」

「ラファルが……」

震える声で言いながら身じろぎすると、シャルはしっかりとアンの目を見おろしながら静かに告げた。

「ラファルはいない。ここはビルセス山脈でもない。ルイストンだ。おまえとキースの工房《こうぼう》だ。よく見ろ」

しばらく息が苦しくて胸は激しく上下した。しかし瞬《まばた》きもできずにシャルの瞳《ひとみ》を見続けていると、現実感が蘇ってきた。そしてようやく、自分の目に映るものを意識できた。

見あげている斜《なな》めに傾斜《けいしゃ》した天井《てんじょう》は、ルイストンにあるパウエル・ハルフォード工房の自室だった。窓を開け放っているので秋の明るい日射《ひざ》しが床《ゆか》に落ち、枯《か》れ葉の香《かお》りがする風が吹《ふ》きこんでいる。

体を横たえているのは、質素だが清潔感のある木綿《もめん》のシーツ。肌《はだ》に馴染《なじ》む毛布の感触にも感情をなだめられる。ようやく落ち着きを取り戻す。

「わたし……どうなったの？　ミスリル・リッド・ポッドは？」

事の顛末《てんまつ》は思い出せたが、ひどく酔《よ》っ払《ぱら》ったときのように頭の芯《しん》が重く、ぼんやりしている。

シャルはアンの髪を撫《な》で、頰を撫でながら答えた。

「あいつも無事だ。二日前に目覚めて、今は食事の準備をしている」

「わたし、どのくらい寝《ね》てたの？」

「十日だ」

「そんなに……。でも、わたし……傷は……」

あの時の痛みと恐怖感《きょうふかん》を再びゆっくりと思い出し、体が冷える。今、痛みはない。しかしちょっとでも動けば、また血が噴《ふ》き出すかもしれない。あの傷を受けた場所は、どうなったのか。自分の体なのに確かめるのが怖《こわ》かった。

するとシャルが、毛布の上からアンが傷つけられた場所に触《ふ》れた。

「傷はない。確かめてみろ」

それからアンの手を取ると、毛布の下にある腹部へと導いてくれた。自分の手で触れると、そこには木綿の寝間着《ねまき》の感触《かんしょく》があり、木綿を通して、そこがすべすべで傷一つないことが分かった。驚《おどろ》いてシャルの顔を見ると、彼は頷《うなず》き返す。

「傷が、ない？」

「エリルだ。奴《やつ》がおまえの傷を癒《い》やした」

「エリルがどうして……」

「後で詳《くわ》しく話してやる。だが、とりあえず水を少し飲め。その後できるならなにか食べろ。十日も眠っていたんだからな」

言われてみれば体に全く力が入らない。起き上がれるかどうかさえ怪《あや》しい気がするのは、十日も飲まず食わずで寝ていたのならば当然だろう。

「待ってろ。水を持ってくる」

「うん」

素直《すなお》に頷くと、シャルはふっと笑った。そして立ち上がりざま、

「目覚めて良かった」

そう言うと身をかがめ、当然のようにアンの唇《くちびる》に口づけた。

――えっ!!

仰天《ぎょうてん》して声も出なかったが、シャルは身を起こすと、シャルはアンに口づけをした。そのまま背を向けて部屋を出ていった。

「キスした……」

なんとか動く手で唇に触れる。確かに今、シャルはアンに口づけをした。

――キスした!?

耳が熱くなり、いたたまれないほど恥《は》ずかしくなり、毛布を顔の上に引っ張り上げた。なぜシャルがあんなに自然に、当然のように口づけてくれたのだろうか。

そしてようやく思い出す。

――そうだ。わたしシャルに、恋人《こいびと》にしてってお願いしたんだ。

シャルはあの時も、口づけで応《こた》えてくれたように思う。

――て、いうことは二回目!?

動悸《どうき》がしてくる。

しかし問題は口づけの回数よりも、アンがシャルの恋人になれたということだ。バクバクしている心臓を押さえつけるように、ぎゅっと腕《うで》を胸の前に引き寄せる。胸の中から幸せな気持ちがあふれ出して、どうにかなりそうだ。

──シャル。大好き。

もう一度こうやってシャルの姿を見つめられたこと、言葉を交《か》わせることが嬉《うれ》しくてたまらない。幸福感を噛《か》みしめる。

──生きてるんだ、わたし。良かった。生きてて、良かった。

エリルが助けてくれたのだとシャルは言った。すべて彼のおかげなのだ。しかし彼はその後、どうしたのだろうか。そして、ラファルは。

「目が覚めたんだって!?」

エリルのことを思いふと不安になりかけたときに、扉《とびら》が勢いよく開いた。

毛布の中から顔を出すと、小さな体の、銀色の髪の湖水の水滴《すいてき》の妖精《ようせい》がぴょんと飛んできて、アンの胸にしっかりとしがみついた。

「アン!! 心配したぞ! おまえ人間だし、俺様たちと違うから。もしかして目が覚めないかもしれないって!」

アンは、元気で潑剌《はつらつ》としているこの声も聞きたかった。

「ありがとう。ミスリル・リッド・ポッド。でもあなたこそ無事で良かった」

確かめるように、ミスリルの背にある一枚の羽をそっと撫でた。

「うひゃはっ!」

妙《みよう》な声をあげて、ミスリルが飛びあがる。

「なに触《さわ》ってんだ⁉」

「だって。元気がなくなったとき、羽が冷たかったから。もとどおり温かいか確かめたくて」

「俺様は元気そのものだ」

「うん。本当にそうみたい」

ほんのりと温かいミスリルの羽の感触が、愛《いと》おしくて仕方がない。今度はミスリルの小さな頭を撫でると、ミスリルはことんと、アンの胸の上に頰《ほお》をつけた。

「ありがとうな、アン」

湖水色の瞳は潤《うる》んでいるようだった。

小さな妖精のわずかな重みに、ほっとする。ミスリルがこうやってここにいてくれることが嬉しい。

そして自分が、ミスリルの羽の温かさを感じられることも、ただ嬉しい。

――エリルが助けてくれた。エリル。ありがとう。

感謝と喜びが、じわりと胸の中に広がる。

そうしていると、シャルが水差しと木のカップを手に部屋に入ってきた。ベッドに近寄ってくると、カップに水をくんでアンに差し出す。

「飲めるか？」

体を起こそうとしたが、腕に力が入らなかった。

「あれ……」

するとミスリルがアンの胸の上に座りなおし、きょとんとする。

「どうした」

「手に力が入らない」

答えた途端《とたん》ミスリルがきらりと目を輝《かがや》かせた。立ちあがると腰《こし》に手を当て、胸を張る。

「よっし、いいぞ！　アンがとうとうシャル・フェン・シャルと恋人同士になったのは聞いてるんだ！　シャル・フェン・シャル、ここは恋人として、口移しで水を飲ませてやるべき場面だぞ。ほら、やれ！　見ててやる！　妖精王の命令だ！」

「恋人……命令って……」

アンは赤面し、シャルは軽く額を押さえてため息をつく。

「それをおまえに見せる必要があるのか？」

「ああ、そうか！　なるほど、恥ずかしいな！　いやいや、俺様としたことが気がつかなくて！　国民の楽しみを邪魔《じゃま》しちゃ悪いな」

そう言うとミスリルは「じゃっ、しっかり！」と手をあげて、ぴょんぴょんと跳《は》ねるように扉を出て行った。が、なぜか扉は閉まりきることはなく、わずかに開いた隙間《すきま》からミスリルの期待に満ちた目がのぞいていた。

自分が妖精王の一人だと、ミスリルはまだ誤解したままらしい。が、王様だと豪語《ごうご》しながらものぞき見するというミスリルらしさに、脱力《だつりょく》する。

——のぞき趣味《しゅみ》の王様って、どうなの？

カップを手に、シャルはベッドに腰掛《こしか》けた。

「どうする？　奴の期待通り、口移ししてやってもいいが」

「やだ！　絶対やだ！」

咄嗟《とっさ》に完全拒否《きょひ》すると、わずかにシャルは眉《まゆ》をひそめる。

「そこまで嫌《いや》がるか？」

嫌なわけではないが、そんなことをされたら恥ずかしさでどうにかなりそうだ。

「だってちょっと頭を支えてもらえれば、大丈夫《だいじょうぶ》だもの！　それでいいよね！」

「さあな」

シャルは意味深にカップを見つめると、一口水を口に含《ふく》んだ。そしてカップをサイドテーブルに置くと、動けないアンに覆《おお》い被《かぶ》さるようにして顔を近づける。

——まさか本気!?　シャルってもしかしてキス魔《ま》!?

アンは身構え体を強《こわ》ばらせていた。するとシャルはくっくと笑いだす。

ゆっくりと体を起こすと、彼は改めてカップを手にした。そしてアンの頭を片手で支え、カップを口に近づけてくれる。

「あいつを喜ばせる義理はない。飲め」

ほっとしながら、水に口をつける。

喉《のど》を通り過ぎる水は甘くて爽《さわ》やかで、このうえもなく美味《おい》しかった。生きていると、体が感じた。


アンはそれからすぐに、ベッドから起き上がることができるようになった。そして夜には、自分の足で食堂まで歩いて下りられるほどになっていた。

工房《こうぼう》には今、アンとシャル、ミスリルしかいない。

キースもキャットもベンジャミンも、ホリーリーフ城で仕事をしている。彼らにもアンの帰《き》還《かん》は伝えられており、彼女が目覚めるのを待っているらしかった。

シャルはアンが目覚めたことを、手紙屋に手紙を託《たく》してキースたちに知らせたらしい。「仕事が終わり次第《しだい》、彼らのことだから駆《か》けつけてくるだろう」と、自分で知らせておきながら、シャルは迷惑《めいわく》そうに言っていた。

夕食はジャガイモのポタージュだった。ポタージュは、お腹《なか》の中から全身に活力を運んでくれるようだった。

「ねぇ、シャル。わたしを助けてくれたあと、エリルはどこへ行ったの」

ポタージュをゆっくり口に運びながら、アンは訊《き》いた。

それがずっと気にかかっていた。人を簡単に惑《まど》わせてしまうほど美しく艶《つや》めいているのに、幼い言葉と態度のエリルはとても愛らしかった。その彼が今どこでなにをしているのか、なにを考えているのか、心配で仕方ない。

シャルはカップの上に手をかざし、香《かお》りの良いお茶を楽しみながら口を開く。

「おまえを助けた後、砂糖林檎《りんご》の林の中に姿を消した」

淡々《たんたん》とシャルは口を開くが、その時の様子を思い出すのかすこし眉根《まゆね》を寄せる。

「ラファルに気づかれたらまずいと言っていたからな、奴《やつ》らを探すことはしてない。おまえたちを連れて、すぐにルイストンへ帰った」

急にスープが味気なくなり、アンはスプーンを皿に置いた。そして傷跡《きずあと》すらない自分のお腹を寝間着《ねまき》の上から触る。

「……エリルは、ラファルと一緒《いっしょ》に、最初の砂糖林檎の木がある場所に行ったのかな？」

「奴らは、最初の砂糖林檎の木がある場所を見つけたのか？」

「見つけたのは、わたし。でもそこへ行く方法は、わからなかったの。けれどラファルは、行き方がわかるような口ぶりだった」

「あそこにあったのか？　最初の砂糖林檎の木は」

ミスリルが目を丸くする。当然だろう。五人がいくら探し回っても見つけられなかったのだ。ミスリルは半ば諦《あきら》めていたはずだ。

「うん。池の中にだけ映る砂糖林檎の大きな木があったの。普通《ふつう》の砂糖林檎の木よりも、かなり大きい。ルルがわたしに、最初の砂糖林檎の木は『見えるのに、見えない』って教えてくれたことがあったから。あれが間違《まちが》いなく最初の砂糖林檎の木」

地上では見えない。そして池の中に映る姿を発見しても、そこへ行く方法がわからない。だから五百年間も、最初の砂糖林檎の木は人の目に触《ふ》れることがなく、またその木がある場所へ人が行くことも不可能だったのだ。

「たぶんエリルは、ラファルと一緒にその場所へ行ったんだよね……」

ラファルがアンを傷つけたことは良くないことだと、エリルは知っているはずだ。だから彼はアンを助けに戻《もど》ってくれたに違《ちが》いない。

アンを傷つけた時のラファルの言葉や表情を思い出すと、憎《にく》しみより、恐怖《きょうふ》が先に立つ。彼の無慈悲《むじひ》さはアン個人への憎悪《ぞうお》というよりも、人間そのものへの巨大《きょだい》な憎悪で、すべてを押し流そうとする濁流《だくりゅう》のようだ。

そんなものにはもはや、恐怖しか感じられない。

ラファルは無慈悲で非道だ。エリルはそれを知っているのに、ラファルと一緒に行くことを選んだ。彼がそうやってラファルを慕《した》い続ける様を痛々しく感じる。

「エリルに砂糖菓子《がし》を作ってあげるって、約束したのに。そこへ行く方法もわからないんじゃ、作ってあげられない」

肩《かた》にかけたストールを握《にぎ》りしめた。

「アン！」

突然《とつぜん》、表通りに面した店の方で扉《とびら》が開く音がした。そして聞き覚えのある声がアンを呼んだ。

「アン！」

呼びながら食堂に入ってきたのは、キースだった。そしてそれに続いて、頭の上にぐうぐう居眠《いねむ》りしているベンジャミンを乗せたキャットも入ってきた。

キースは食堂に座るアンを見るなり、強ばっていた表情をゆるめた。安心したようにため息をつくと、いつものように柔《やわ》らかな笑《え》みを見せてくれた。

「アン。よかった」

貴公子然とした物腰《ものごし》で、椅子《いす》に座るアンの手をとって軽く手の甲《こう》に口づける。顔をあげて微笑《ほほえ》む彼の表情には安堵《あんど》と喜びがあふれていた。

キャットも細い眉をわざとらしくつりあげ、やれやれと言いたげに腰に手を当てる。

「十日も寝《ね》こけやがって。仕事をサボりすぎだ、チンチクリン」

アンは立ち上がり、頭をさげた。

「心配と迷惑をかけました。キース、キャット」

「迷惑はかけてないよ。心配は山のようにさせられたけれどね」

立ちあがったアンを座るように促《うなが》しながら、キースもまた、アンの隣《となり》の椅子に腰《こし》を下ろした。

アンは椅子に座り直し、小さくなる。

「ごめんなさい、本当に」

「いいんだよ。君もミスリル・リッド・ポッドも助かったんだから」

卓《たく》の上に座ってワインのカップを大事そうに抱《かか》えていたミスリルは、にかっと笑って親指を立てた。

「あたりまえだ。俺様が簡単にくたばるかよ」

「シャルも、二人を守ってくれたんだよね。ありがとう」

キースに礼を言われると、食卓《しょくたく》について大儀《たいぎ》そうに頬杖《ほおづえ》をついていたシャルは肩をすくめる。

「こいつらの運が良かっただけだろう」

キャットはぐうぐう寝ているベンジャミンを頭の上からつまみ下ろして、食卓になんとか座らせる。と、ようやくベンジャミンはぽかんと目を開き、相変わらずの調子でふわふわっと笑った。

「あ〜、アン。目が覚めたんだ〜。よかったよ〜。心配してたんだよぉ。元気ぃ？」

「ありがとう、ベンジャミン。元気よ」

「てめぇは、本当に大丈夫《だいじょうぶ》なのか？　十日も意識不明で寝ているなんざ、尋常《じんじょう》じゃねぇぞ。あの妖精《ようせい》に助けられたと聞いたが、おかしな真似《まね》されたんじゃねぇだろうな」

食卓に手を突《つ》いて、キャットがアンの方へ身を乗り出す。

「わたしたちを助けてくれたエリルは、そんなに悪い子じゃないんです。本当なら命はなかったんですから、十日寝ただけで元気になるなんて奇跡《きせき》です。ちょっと頭がぼんやりするくらいで、他《ほか》におかしなところもないし」

そもそも、ミスリルが八日、自分が十日で目覚めたというのが信じられない。同じようにエリルに命を繋《つな》がれたラファルは、半年近く眠《ねむ》ったままだったのだ。

——どうしてなんだろう？　その時の状態の違いなのかな？

エリルはミスリルのことを『命を蓄《たくわ》える袋《ふくろ》があって、その袋が破れてるみたい』と言っていた。アンは致命傷《ちめいしょう》とはいえ、傷は一つだ。二人とも体の一部が壊《こわ》れていたのだ。

しかしラファルは城壁《じょうへき》から落下し、その場で全身が砕《くだ》けても不思議ではなかったはずだ。全身、至る所がどうしようもない状態だったと想像がつく。

同じように命の危機に瀕《ひん》してはいたが、体の状態としては、ラファルが最も悪かったのは確かだろう。

そう考えていると、ふとラファルの言葉を思い出す。

『わたしが命を繋いだのは、彼の能力のおかげだ。だが、その代償《だいしょう》も支払《しはら》った』

ラファルはそう言ったのだ。彼は命を繋いだ代償に、自分の特殊《とくしゅ》能力を失っていた。

アンはミスリルをふり返った。

「ねぇ、ミスリル・リッド・ポッド。あなた自分の能力使える？」

「へ？　俺様の素晴《すば》らしい能力のことか？　当然だ。久々に俺様の能力を見ろ！」

得意げに、ミスリルは掌《てのひら》を広げてそこへ意識を集中する。しかし、なんの変化もない。

「あ、あれ？　水が作れないぞ」

ミスリルが焦《あせ》ったようにアンを見あげる。

「ラファルが言ってたことは、本当なんだ……」

「なんだ、ラファルが言ってたことって!?」

「エリルの能力は命を繋ぐけれど、その代償に特殊能力を奪《うば》われたって。だからたぶん、あなたの能力も奪われちゃったんだと思う」

「そ、そんなっ!!」

がくっと、ミスリルはくずおれて横座りになって食卓に両手を突く。

「俺様の能力が消えただと？　そんな……あああ……なんだこの気分。知らないうちに、はいてた下着を盗《ぬす》まれてた気分だ」

「……それは……どんな気分なのかな……」

キースが半笑いで問いかけるが、ミスリルは項垂《うなだ》れたままだ。しかし彼の失望を知らなげに、ベンジャミンがふわふわと言う。

「あってもなくてもいいような能力が消えただけで命を取り留めたんだ～、幸運だったたねぇ」

「なんてこと言うんだ！　能力が消えるってのは、妖精の尊厳の問題だぞ！」

あっさりとひどいことを言うベンジャミンに、ミスリルは涙目《なみだ》で抗議《こうぎ》した。しかしさらにキャットがだめ押しをする。

「今日まで能力が消えたことに気がつかなかったのに、尊厳もへったくれもねぇだろうが。しかもてめぇ、自分で例えたのが、たかだか下着じゃねぇか」

「下着をつけてないってことで、どんだけ尊厳が奪われると思ってるんだ！」

「下着に尊厳なんかねぇ。俺は、たまにはき忘れる」

「どんだけずぼらなんだよ、おまえ!?」

喚《わめ》きあうキャットとミスリルを無視し、シャルがアンに視線を向ける。

「こいつの能力が消えたのはいいとして。おまえは？　本当になんの変化もないのか？」

真剣《しんけん》に問われ、アンは考えこむ。だが特に体調の変化は感じられないのだ。

「うん。なにもないと思う……たぶん」

「人間と妖精では、エリルの能力の作用の仕方が違うのかもしれないね。人間には妖精のような特殊能力がないし」

キースの言葉に、キャットが長い指で顎《あご》を撫《な》でながら難しい顔をする。

「そんなうまい話があるか？　見えないところで、なにかなくなってやしねぇか？　内臓の一部とか」

「………怖《こわ》いこと言わないでください」

アンは蒼白《そうはく》になってお腹《なか》をそっと押さえた。確かにキャットが言うように、エリルの能力が人間にだけ都合よく作用するとは思えない。

「わたし、なにかをなくしたのかな？」

不安が呟《つぶや》きになって口から出ると、脅《おど》かしすぎたと思ったのか、キャットは気まずそうな顔になる。

「そんなに怖がるんじゃねぇよ。内臓がなくなってりゃ、もうおかしな事になってるだろうしな。それはそうと、てめぇ、あのボケなす野郎《やろう》に仕事を頼《たの》まれてたんじゃねぇのか？　あの野郎、アンが目覚めたら一番にそれを届けろと俺に命令しやがったぞ」

アンの気をそらすように、キャットが訊《き》いてきた。

「あ、そうだ！　仕事」

アンはヒューから、王国中部の砂糖林檎《りんご》の実りについての調査を任されていたのだ。

「調査の内容は、旅の途中《とちゅう》でまとめてたんです。確か……馬車の荷台に置いていたはずだから取ってきます」

立ち上がり、アンは食堂の扉を出た。まだ足元はすこしふらつくが、それでも気持ちだけはしゃんとしていた。

裏庭に出ると秋らしい澄《す》んだ夜空に、星がたくさん散っていた。頬《ほお》を撫でる風はひやりとしていて、いつの間にか秋も終わりにさしかかろうとしているのを肌《はだ》で感じる。

――砂糖林檎の収穫《しゅうかく》が、あと半月くらいで始まるだろうな。

そう思うと、うきうきする。

砂糖林檎の収穫期間は、秋の終わりから雪が降り出すまで。実が熟《う》れきり、木からおちるまでの間に収穫すればいいのだ。その期間は、ほぼ六十日。

あのつやつやの赤い実を手に取り、煮詰《につ》めて、乾《かわ》かして碾《ひ》いて、銀砂糖を作る。それらのことをもう一度できるのだ。すべてはエリルのおかげだ。

――エリル。エリルにもう一度会いたい。お礼を言いたい。そして砂糖菓子《がし》を作ってあげたい。あんなに欲しがっていたのに。

妖艶《ようえん》な外見とはちぐはぐに、きらきらとした幼子のような瞳《ひとみ》で砂糖菓子が欲しいと彼は言っていた。

納屋《なや》に入れてあった箱形馬車の荷台から書類を持ち出すと、食堂に帰った。

「これをヒューに渡《わた》してください。今年の砂糖林檎の実りは、中部も順調です」

書類を手渡《てわた》すと、キャットはざっと目を通して頷《うなず》く。

「今年は、去年みてぇな馬鹿騒《ばかさわ》ぎをせずにすむってこったな。俺はすぐに、これをボケなす野郎に渡してくる。ルイストンの別邸《べってい》にいるはずだ。おい、ベンジャミン、行くぞ」

「はぁ～い」

ベンジャミンはよいしょこらしょとキャットの腕《うで》によじ登り、肩《かた》に乗った。

「とりあえず、ホリーリーフ城の仕事は順調だ。妖精たちの数も増えてる。ゆっくりしな」

さりげなく言うと、キャットはきびすを返して出て行った。

キャットの言葉に、気遣《きづか》いを感じる。すると自分が今、こうやって呼吸していることが様々な人たちの助けのおかげなのだと実感する。

──わたしもはやく、役に立つように働かなくちゃ。

砂糖林檎の収穫がはじまり、砂糖菓子職人たちが活気づく季節だ。職人なら誰《だれ》しも、じっとしていることができなくてそわそわするものだ。

目覚めたばかりだったが、銀砂糖に触《ふ》れたくて仕方がなかった。

見あげると、夜空に浮かぶ星々の光がゆらゆらと揺《ゆ》れていた。

「綺麗《きれい》」

静寂《せいじゃく》の中、エリルは膝《ひざ》を抱《かか》えて座り、生まれて初めてやすらぎを感じていた。

物音や気配を気にする必要はない。なにしろこの場所に踏《ふ》みこむことができる者は存在しないのだ。追われることはない。

そこは砂糖林檎の林だった。

ビルセス山脈の懐《ふところ》に生じた、深い亀裂《きれつ》のような谷間にあった砂糖林檎の林とそっくりだ。

だがここには小鳥や、野獣《やじゅう》や虫や、その他《ほか》の生き物の気配はない。

音もなければ風も吹《ふ》かない。

銀灰色《ぎんかい》の幹と枝の砂糖林檎の木々のみが、ひっそりと佇《たたず》んでいる様は、まるで巨大《きょだい》なガラス瓶《びん》の中に入ったかのような錯覚《さっかく》すら起こさせる。

エリルが座りこんでいるのは、砂糖林檎の木々の中でも、ひときわ大きな砂糖林檎の木の根元だった。その木は、他と比べて背が高い以外は、特に他の木と変わらないように見える。

だがその木の発するしんとした気配は、この世界を構築する静けさそのものだ。この砂糖林檎の木が、今、エリルのいる世界の中心なのだとわかる。

これこそが最初の砂糖林檎の木なのだ。

エリルは幹に背をつけ、頭上の枝と、葉と、色づきはじめた砂糖林檎の実を見つめる。

──僕はまた、なにかを奪ったかもしれない。

それを思うと、急に不安でたまらなくなった。

最初の砂糖林檎の場所をアンが告げた後、エリルはラファルに命じられるまま、彼女の側《そば》を離《はな》れた。それからしばらくしてエリルに追いついたラファルの剣《けん》からは、血の臭《にお》いがした。

刀身を拭《ぬぐ》って鞘《さや》に収めてはいたが、刃《やいば》が吸った血の生臭《なまぐさ》さは消せなかったようだ。

愕然《がくぜん》とした。ラファルがアンになにをしたのか、その瞬間《しゅんかん》に悟《さと》ったのだ。

胸の奥から焦《あせ》りがせりあがり、アンを助けなければいけないと思った。自分がどうしてそこまで焦り、彼女を助けたいのかわからない。けれどいても立ってもいられなかった。

もしアンの命がまだあるならば、自分の力を使って、彼女を助けられるかもしれなかった。

ラファルに逆らって彼ともめている暇《ひま》はない。だからとりあえずはラファルとともに、最初の砂糖林檎の木がある場所に踏みこんだ。

ラファルは狂喜《きょうき》し、夢中になって周囲を探索《たんさく》しはじめた。その彼を置いて、再びビルセス山脈の懐にある砂糖林檎の林にとって返した。

そこで血まみれのアンと、彼女を抱《だ》くシャルを見つけたのだ。

幸運なことに、エリルの力はアンに作用した。彼女が命を繫《つな》いだと確信すると、すぐに最初の砂糖林檎の木がある場所へ帰った。

おそらくラファルは、エリルがすこしの間だけ姿を消したことに気がつかなかったはずだ。

ほっとした。だがその後心配になったのは、自分の能力がアンの命を繫ぐ引き替《か》えに、彼女からなにを奪《うば》ったのかということだった。

——僕はアンのなにを奪ったんだろう？

彼女にとって大切なものを奪っていたら、命を繫いでも、アンは苦しむかもしれない。

「エリル」

呼ばれて、エリルはやっとラファルが目の前にいることに気がついた。

ゆらゆらと星明かりが揺れるので、薄闇《うすやみ》も微妙《びみょう》に揺らめいている。その中に立つラファルの曖昧《あいまい》な髪色《かみ》も、微笑《ほほえ》みも、魅惑《みわく》的だ。

「どうした。ぼんやりしていたな」

「ここに来て、追われることがないもの。気を張っている必要はないから」

銀の髪を軽くかきやりながら答えると、ラファルは苦笑《くしょう》する。

「確かにな。しかし、この場所は手狭《てぜま》だ」

「そう？　僕には充分《じゅうぶん》だ」

「妖精《ようせい》王の王国は、こんな狭苦《せまくる》しい世界には入らない」

ここは人間の手がおよばない安全な場所だ。だがラファルが言うように、狭い世界だ。おそらくビルセス山脈の砂糖林檎の林の中にあった池と、ほぼ同じ大きさだろう。

無限に続いているように思える砂糖林檎の林だが、真っ直《す》ぐ歩き続けると、いつの間にか逆方向から同じ場所に戻《もど》っている。

ある一定の範囲《はんい》からは出られないように堂々めぐりするようになっているのだ。

この世界は、最初の砂糖林檎の木を中心にしてぴたりと閉じている。大きな砂糖林檎の木が生み出した繭《まゆ》の中にいるようにも思えた。

「僕はこの程度の世界でいい」

答えると、ラファルは跪《ひざまず》き、困ったようにエリルの顔を見つめる。

「どうした。気が抜《ぬ》けたか？　しかしおまえは妖精王だ、エリル。妖精の王国を取り戻すために、我々は戦わなくてはならない。ここは言うなれば、敵の手が届くことがない安全な城だ。この城を拠点《きょてん》にして、戦う」

優《やさ》しく、諭《さと》すようにラファルは告げる。

優しい目で見つめられると、いたたまれなくなり視線をそらす。

エリルにはよく分かっていた。ラファルがアンにしたことは、ひどいことだと。彼はアンとシャルに憎《にく》しみを抱いていて、残酷《ざんこく》なことをする。本当なら、許していいことではないはずだ。だが彼の憎悪《ぞうお》が残酷なことをしでかしても、ラファルを憎いとも怖《こわ》いとも思えなかった。そう思えない自分も、邪悪《じゃあく》に思えてしまう。それはなんとも息苦しい。

そしてさらに、ラファルの気持ちに逆らって自分がアンを助けてしまったことも、彼に対して申し訳なさを感じさせるのだ。

とにかく今は、ラファルの瞳を真っ直ぐ見るのが苦痛だ。

「そうする必要があるのかな」

苦しさを抑《おさ》え疑問で返すと、ラファルは断言した。

「必要だ」

その時だった。

「おいおい。勝手に決めるものではないぞ」

突如《とつじょ》、背後から声がした。

エリルもだが、ラファルもその声の主の気配には気がつかなかったらしく、ぎょっとしたように飛び退《の》いて、剣を抜いた。エリルも咄嗟《とっさ》にラファルの方へ飛び、膝をついて身構える。

最初の砂糖林檎《りんご》の木の幹に手を添《そ》えて、一人の妖精が立っていた。

その妖精は、銀灰色の髪色で、背にある二枚の羽も同様の色と輝《かがや》きがあった。瞳《ひとみ》が赤い。ひどく昔風のケープを身に纏《まと》った青年の姿をしている。

「何者だ」

ラファルが訊《き》くと、赤い目の妖精は眉根《まゆね》を寄せ、そしてがっかりしたようにため息をつく。

「やっと妖精王のご登場かと思いきや、えらく不完全ではないか。がっかりじゃな。リゼルバは、なにを考えておったのやらの」

古風な物言いで、どことなくとぼけた調子で呟《つぶや》くと肩をすくめる。

「リゼルバ？」

エリルは首を傾《かし》げた。

「リゼルバって……リゼルバ・シリル・サッシュのこと？」

「他にリゼルバがおるのかの？」

ラファルが剣を構えながら、用心深く再び訊いた。

「何者かと訊いたんだ。答えろ」

「そなたたちは、我がおるのを承知で来たのではないのか？」

赤い目の妖精は、ふむと腕組《うでぐ》みした。

「名乗れ。ふざけていると殺す」

「なんとな？　殺すと」

彼はむっとしたような顔になると、いきなりぷいとそっぽを向く。

「いやじゃ、名乗ってやらぬ」

子供っぽい表情と仕草に、エリルはぷっと吹き出した。ラファルは苛《いら》ついたように剣を構えなおしたが、エリルは彼の腕《うで》をそっと押さえる。

「待って、ラファル。僕が訊くよ」

「気をつけろ」

「大丈夫《だいじょうぶ》。僕の戦闘《せんとう》力は知ってるでしょ？」

赤い目の妖精は、二人の会話を横目で眺《なが》めていた。しかしエリルが近づいていくと、わざとらしくつんと視線をそらす。

「あなた、名前は？」

訊くと、そっぽを向きながら答える。

「人に名を訊く前に自分が名乗るがどうりであろう、不完全なる妖精王よ」

「そうだね。僕はエリル・フェン・エリル。彼はラファル・フェン・ラファル。あなたは？」

名乗ると、赤い目の妖精は満足したようにむふっと笑い、胸を張ってこちらを向く。

「よかろう。二人の妖精王。エリルとラファルか。我の名は……」

言葉はそこで途切《とぎ》れた。彼は首を傾げ、戸惑《とまど》ったように呟く。

「名は、なんじゃったかの…………」

エリルは目を丸くした。

離れたところに立っていたラファルは、彼にしては珍《めずら》しくうんざりしたように言う。

「……やはり殺すか?」

二章　最初から、何度でも

　ポタージュで久しぶりにお腹《なか》が温かくなって満足していたので、アンはすぐに深い眠《ねむ》りに落ちた。だが真夜中近くになると、不意に目が覚めた。

　薄闇の中、長椅子《ながいす》で眠っているシャルと、同じベッドに潜《もぐ》りこんでいるミスリルの寝息《ねいき》が聞こえる。

　カーテンの隙間《すきま》からは、月明かりが漏《も》れ入って床《ゆか》にこぼれていた。その光がアンを誘《いざな》うように綺麗《きれい》だ。白っぽい輝きは銀砂糖の輝きに似ている。

　――銀砂糖に触《さわ》りたい。

　衝動《しょうどう》を感じて、いてもたってもいられなくなった。

　シャルとミスリルを起こさないようにそっとベッドから足を下ろし、椅子にかけていたストールで肩《かた》を包み部屋から出た。

　足音を忍《しの》ばせて作業場に向かう。食堂を出て廊下《ろうか》に踏《ふ》み出すと、作業場の扉《とびら》の隙間から明かりが漏れていた。人の気配もする。扉を開くと、キースが銀砂糖を練っている後ろ姿が見えた。

「キース？」

声をかけると、びっくりしたようにキースが振《ふ》り返った。さらに慌《あわ》てたように、背中で作業台を隠《かく》すそぶりをした。

「アン？　どうしたの、こんな夜中に」

「キースこそなにしてるの？」

キースには明日も、ホリーリーフ城での仕事が待っている。しかし今夜はここに泊《と》まり、明日の朝にホリーリーフ城へ帰る段取りになっていた。ちなみにキャットは、銀砂糖子爵別邸《ししやくべってい》へ行ったまま帰ってこなかった。おそらくヒューに捕《つか》まって、またからかわれているのだろう。

しかしキースにしてもキャットにしても、明日からはまた仕事が待っている身だ。キャットは別にしても、夜更《よふ》かしするのはキースらしくない。

「僕？　僕は……」

キースは言いよどみ、しかしすぐに諦《あきら》めたように苦笑《くしよう》した。

「砂糖菓子《がし》を作ってたんだよ、君のためにね。回復のお祝いと……」

そしてためらいがちに言葉を切り、照れたように続ける。

「もう一度、改めて告白しようかと思って。君、忘れてるかもしれないから。色々なことがありすぎて」

その言葉に胸をつかれ、息苦しいほどの申し訳なさがのしかかってきた。

――わたし、シャルとキスした。

自分からシャルに恋人《こいびと》にして欲しいと願い、それを受け入れてもらったのだ。以前からキースが答えを求めていたのに、その彼のいないところで自分が決断を下してしまったことに罪悪感に似たものを感じる。

これほど真摯《しんし》で真っ直《す》ぐに向き合ってくれるキースだからこそ、アンは一刻も早く事実を告げなければならない。

「キース。わたし……」

つま先に視線を落とし、寝室《しんしつ》からつっかけてきた革《かわ》のスリッパを見つめる。自分が寝間着《ねまき》姿で、こんなしまらない格好で向き合っているのも申し訳ない。

「なに？」

優《やさ》しく問い返してくれる声がつらい。

「わたし……ラファルに刺《さ》されて、もう自分が死んじゃうって思った時に、シャルにお願いしたの。……恋人にして欲しいって……」

キースが息を呑《の》む気配が伝わってきた。

アンは目を固く閉じて、一気に言葉を続けた。

「シャルがわたしに恋人になるかって訊《き》いてくれたとき、わたし答えられなかった。だってわたしは人間で、いずれシャルを置いて先に死んでしまうもの。そしたらシャルはまたひとりぼっちで悲しい思いをしなくちゃいけなくなるのが怖《こわ》くて、答えられなかった。でもミスリル・

リッド・ポッドが教えてくれたの。好きな人となら、どんな未来が待っていても、同じ時間を重ねられる幸福はなにものにもかえがたい宝物だって」

言い訳がましいと思うが、それでも、自分の気持ちを正直に余すことなく伝えるのが、彼に対する誠意のような気がした。

「でも、わたしはキースが嫌《きら》いなんじゃない。キースは好き。ママみたいに好き。でもママを好きなのと、シャルを好きなのと、なんだか違《ちが》うの。だから……。死んでしまうって思ったあの時、わたしはシャルの恋人になりたかった」

キースがすいと近寄ってきて、アンの肩に手を触《ふ》れた。

「顔をあげて、アン」

ひどく穏《おだ》やかな声でキースは告げた。その声は命じるものではなかったが、なぜか抗《あらが》いがたく、アンは恐《おそ》る恐る顔をあげる。

「君の気持ちは……わかったよ」

寂《さみ》しそうに、けれどキースは微笑《ほほえ》んでいた。

「君の言いたいことも、わかる。僕だってそんなに馬鹿《ばか》じゃないから、君とシャルの間にある絆《きずな》には、気がついていたよ。けれど僕はそれでも、君の恋人になれたらどんなにいいかって思ったんだ。だから君に告白した」

そしてキースは、ゆっくりとアンの額に口づけた。

「僕は君の恋人になれない。けれど君は僕を、ママみたいに好きだって言ってくれた。それはとても光栄なことだ。充分《じゅうぶん》だよ。ありがとう」

額の上で囁《ささや》かれる彼の言葉は、傷ついた心から滲《にじ》み出てくるようだ。それでも相手を優しく気遣《きづか》うキースの我慢《がまん》強さに瞼《まぶた》が熱くなり、アンの瞳《ひとみ》に涙《なみだ》があふれてくる。

キースはアンの顔を見おろし、少し笑って目尻《めじり》を指で拭《ぬぐ》ってくれた。

「なんで君が泣くの？　僕が泣きそびれるよ」

「ごめんなさい。だって……」

「君があんな状態にならなければ、僕はもうすこし取り乱していたかもね」

くすっとキースは笑う。

「君が死んだように眠ったままで……、目を覚まさないかもしれないと心配してた。声を聞くこともなく、死んでしまったらどうしようかとね。でも目覚めてくれたから、それでちょっと満足してしまったんだ。永遠の別れを思えば、君にふられるなんてたいしたことないよ。君は生きてるんだし」

そしてぽんと、力づけるようにアンの両肩《りょうかた》を叩《たた》く。

「でもアン。僕をふっても、この工房《こうぼう》は一緒《いっしょ》にやってもらうよ。仕事は仕事だからね」

気を取り直すようにキースを見あげながら、彼のことも大好きだと思う。優しい表情も、仕草も、首に巻く柔《やわ》らかなタイの感じも、なにもかも素敵《すてき》な人なのだ。

目の前にいる青年の幸福を心から願わずにはいられなかった。彼にとびきりの幸福が来るように、美しい砂糖菓子を作りたい。そして彼の気持ちに感謝を捧《ささ》げたい。

――作りたい。

心から、作りたい。

「さあ、君はもう寝《ね》たら？　一応、病《や》み上がりだし」

「ううん。作りたい。作りたいから、来たの。作らせて」

譲《ゆず》るまいときっぱりと告げたアンに、キースは呆《あき》れたように微笑する。

「相変わらずだね。……まあ、いいよ。共同経営者が仕事熱心なのは歓迎《かんげい》する。ただし無理はしないで」

「ありがとう。無理はしない」

涙が滲む目をごしごしこすって、アンはしゃんと背筋を伸《の》ばす。

キースは作業台に戻《もど》り、アンは銀砂糖の樽《たる》に向かった。

樽の蓋《ふた》を開けると、青みがかった純白の銀砂糖が、ランタンの明かりに照らされて確認《かくにん》できた。それはキースと一緒にこの工房で碾《ひ》きなおしたもので、少し手触《てざわ》りがよくなっている。

石の器《うつわ》にくみあげ、それを手に作業台に向かう。作業台の、キースの正面に立つとそこに銀砂糖を広げた。作業台には石が貼《は》ってあり、適度に銀砂糖を冷やしてくれる。

キースが井戸《いど》からくみあげてきた冷水に手を浸《ひた》す。そしてまた別の冷水の桶《おけ》から、器に冷水をくみ、銀砂糖に混ぜる。

感触《かんしょく》を確かめるように、ゆっくりと水と銀砂糖を混ぜはじめる。

——あれ……？

触《さわ》ってすぐに、アンは手の動きを止めてしまった。

銀砂糖が水とうまく混ざり合わず、一部分だけがどろりと溶《と》けたようになり、残りの部分がさらさらのまま残ってしまう。

アンの手の動きを見ていたキースが、眉《まゆ》をひそめる。

「どうしたのアン？　やっぱりまだ本調子じゃないんだね」

「ううん。そんなこと……ない」

言いながら手早くまとめようと、また冷水を加えて練ろうとする。しかしまた、銀砂糖の質感はまだらになる。

「アン。どうしたの。なんだか手の動きが雑な感じだ」

キースの指摘《してき》に、アンは手を止める。

「……そうなの……かな……？　よくわからない……手が……変？」

呆然《ぼうぜん》として自分の手元を見おろす。

——なに、これ？　練ればいいはずなのに……。うまく練れない。どうして？

それはずっとずっと昔に、覚えがある感覚だった。

『練ればいいのよ。指先の感覚で銀砂糖の質感を確かめながら練るの。簡単よ。やってみて』

エマが笑いながら指示するのに、アンはうまくできなくて、悔《くや》しさのあまり涙ぐんで練り続けた。

『わかんない。ちゃんと練ってるもの』

『練れてないわよ』

『わかんない』

そんな会話を繰《く》り返したのは、アンが七つ、八つの時だ。

動きを止め、目を見開いたアンの様子に異常を感じたらしく、キースが作業台を回りこんでやってくるとアンの顔を覗《のぞ》きこんだ。

「どうしたの、アン？」

見おろした自分の指先が震《ふる》えていた。アンは気がついた。

──エリルが命を繋《つな》いでくれた代償《だいしょう》に、わたしが失ったもの……。

さっきとは別の意味の涙がこみあげてくる。

キースはびっくりしたように目をしばたたいた。

「どうしたんだい。アン。君」

「キース、わたし……命を繋ぐ代償になくしたものがわかった……」

急に体の力が抜《ぬ》けた。そしてその場に、へなへなと崩《くず》れるように座りこんでしまった。

「アン!?」

「わたし……。わたし、砂糖菓子《がし》を作る感覚がわからなくなってる」

キースの顔色が変わった。

アンは冷たい石の床《ゆか》の感触も感じないほど、呆然としていた。

「わたし……なくしちゃった……」

「アン、とにかく落ち着いて」

キースはアンの肩《かた》を支えると立ちあがらせて、近くにあった丸椅子《いす》に腰掛《こしか》けさせてくれた。

「目覚めたばかりで、感覚が戻ってないだけかもしれない。誰《だれ》か呼んでくる。とりあえず、シャルを」

落ち着けと言っているキースもかなり焦《あせ》っているようで、作業場を飛び出していった。

アンは自分の両手の指を改めて見おろした。震えていた。

「……なくしちゃったの？」

絶望感と恐怖感《きょうふかん》に混乱していた。自分が生きる意味であるとすら思っている砂糖菓子作りの感覚を忘れるとは、信じられなかった。

——これはなにかの間違《まちが》い？

キースはすぐに、シャルとミスリルを連れて作業場に戻ってきた。

「感覚がおかしいと聞いたが？」

作業場に入ってくるなり、シャルは椅子に座ったアンの前に跪《ひざまず》いて下から顔を覗きこむようにして訊《き》いた。彼の肩の上にいるミスリルも、眉尻《まゆじり》をさげて心配そうな顔をしていた。

「変なの。子供の頃《ころ》の手に戻ったみたいに……銀砂糖をうまく練れない」

シャルは表情を曇《くも》らせる。

ミスリルがシャルの肩からアンの膝《ひざ》に飛び移ると、小刻みに震えるアンの手を撫《な》でる。

「大丈夫《だいじょうぶ》だ。アン。気のせいだ。おまえまだ本調子じゃないんだ、たぶん」

しかし先刻、銀砂糖を触ったときの違和《いわ》感《かん》は、なんともいえない恐怖の感覚になって胸の中を締《し》めつける。

「大丈夫だって、な、シャル・フェン・シャル」

助けを求めるようにミスリルがシャルを見やるが、シャルは眉根《まゆね》を寄せて難しい顔のままだ。

「そう願うが……」

と言うと立ち上がり、どことなく呆然としているキースをふり返った。

「坊《ぼう》や。おまえはどう思った？　こいつが銀砂糖に触《ふ》れるのを見たんだろう」

「見たけれど、僕だけの判断じゃなんとも言えない……」

「それなら、別の職人に判断してもらう必要がある。おまえが適任と思う職人を呼んでこい」

その指示に、キースは頷《うなず》く。

「そうだね。この場合ヒングリーさんが一番いい。たぶんまだ、銀砂糖子爵《ししゃく》の別邸《べってい》にいるだろうから、呼んでくる」

彼はまた、作業場から駆《か》け出した。

キースがキャットを連れて戻ってくる間、ミスリルは震えているアンの手をずっと撫でてくれた。シャルは椅子の脇《わき》に立ち、考え込むように黙《だま》っている。

どのくらいの時間が経《た》ったのか。

ランタンの油が残り少なくなった頃に、表通りに面した店の扉《とびら》が勢いよく開く音がした。

「こちらです」

キースの声とともに、店と作業場を繋ぐ扉が開く。扉を開いたキースに続いて、キャットが踏《ふ》みこんできた。キャットの肩の上にいるベンジャミンもさすがに起きていて、緑色の髪《かみ》をふわふわと揺《ゆ》らしながら、彼には珍《めずら》しく心配そうな顔をしている。

そしてその後から、銀砂糖子爵ヒュー・マーキュリーが、護衛のサリムを引き連れて姿を見せる。

「キャット……ヒュー……」

キャットとヒューが踏みこんでくると、蒸留酒の辛《から》い香《かお》りがわずかに漂《ただよ》った。二人は別邸で飲んでいたのだろうが、それを感じさせるのは酒の香りと、ヒューが普段着《ふだんぎ》の茶の上衣《うわぎ》を身につけていることくらいだ。表情は二人ながらに、ひどく険しかった。

「立ちやがれ、チンチクリン」

アンの正面までつかつかとやって来たキャットは、いきなりアンの二の腕《うで》を引っ張り上げた。

「パウエルから話は聞いた。俺が確かめてやるから、銀砂糖に触ってみな」

それは叱責《しっせき》でも励《はげ》ましでもなかったが、不安で怖《こわ》くて震えているアンがするべきことをはっきり示してくれた。それを心強く感じる。

「……はい」

頷くと、キャットは腕を離《はな》して促《うなが》すように顎《あご》をしゃくった。するとヒューが、静かに言う。

「落ち着けよ」

それは静かだが、銀砂糖子爵の命令の声だ。震えている体の芯《しん》が、ぴりっとして引き締まる。

アンはゆっくりと歩みだし、樽《たる》から石の器《うつわ》を使って銀砂糖をくみあげた。それを手に作業台に向かい、天板の上に銀砂糖を広げる。さらに冷水をくみ銀砂糖に注ぐ。

一連の動作を、キースは心配そうに見守っていた。シャルは壁《かべ》に背をつけ、腕組《うでぐ》みしてじっと無表情に見つめている。ミスリルはそわそわと、椅子の上で立ったり座ったりしている。

キャットが作業台の正面に立つと、その背後にヒューが立つ。

冷水を銀砂糖に混ぜ込むように両手でかき回す。そしてそれを、手首の返しを使って練りはじめようとする。

――あ……また。

銀砂糖がべたつく所とさらさらした所、むらになっている。

キャットが呻《うめ》く。するとヒューが、キャットの肩に肘《ひじ》を乗せるようにして作業台を覗きこみ、眉根を寄せた。

「手順は覚えているらしいが……。手の動きがまずい。見習いの手だな」

ヒューの呟《つぶや》きに、アンの手は止まった。

「感覚……体で覚えていたものを、なくしちまったのか？」

キャットも苦しそうに言う。

顔をあげると、キャットとヒュー、二人の戸惑《とまど》った目とぶつかる。

不安が確信に変わり、アンの手はだらりと両脇《りょうわき》に力なくおりてしまった。うつむく。

「わたし、なくしたみたいです。砂糖菓子を作るための感覚を……。たぶん、命を繋ぐために」

今のアンの手は、七つ八つの時と同じ。不器用で、なにもできない子供の頃と同じだった。

「代償がそれなのかよ。ふざけてやがる」

吐《は》き捨てるようにキャットが言うと、ミスリルがぺたんと椅子の上に座りこんでしまった。

キースはアンから視線をそらし、ヒューは深いため息をついた。

「なくしました……わたし……」

自分で確かめるように重ねて言うと、涙《なみだ》がこみあげてくる。

――命を繋いだ代償。けれど、なんて大きな代償。こんなものを支払《しはら》うくらいなら……。

キャットとヒュー、二人の銀砂糖師の前で惨《みじ》めに泣きたくなかった。

「ごめんなさい！」

みんなの視線を振《ふ》り切るように叫《さけ》ぶと、アンは駆け出した。

作業場を飛び出し、食堂を抜け、裏庭から外階段を一気に駆けあがった。白い月明かりがカーテンの隙間《すきま》からこぼれている自分の部屋に飛び込むと、ベッドの上に突《つ》っ伏《ぷ》した。ベッドカバーに顔を押しつける。

──なくした。なくした。

砂糖菓子を作ることしかアンは知らなくて、それ以外に生きる方法を知らない。そのうえ砂糖菓子を作りたい衝動《しょうどう》は胸の中にあふれているのに、それを作る事ができない。

どうすればいいのかわからず、ただ、泣き叫びたいほど苦しかった。

自分が失ったものの大きさに、恐《おそ》ろしさと、「どうして？」と繰《く》り返す、だだをこねるようなやるせなさが押し寄せる。

──苦しい。苦しい。

心臓を握《にぎ》りつぶされるのではないかと思えるほど息苦しくて、木綿《もめん》の寝間着《ねまき》の胸のあたりを握りしめる。

──いやだ。いやだ。なくしたなんて、いや。

認めたくなかった。けれど自分のなくしたものがなにか、痛いほどわかっている。握りしめていた拳《こぶし》が、あまりに力を入れすぎて震《ふる》える。

と、ふいに両肩《りょうかた》を背後から摑《つか》まれ、無理矢理《むりやり》体を引き起こされた。ベッドの上に座らされて、アンは正面にシャルの顔を認めた。彼はベッドの上に膝を乗せ、アンの両肩を摑んでこちらを覗《のぞ》きこんでいる。

「落ち着け」

優《やさ》しい声を聞くと、涙がこみあげてくる。

「……いや」

ぽろりと言葉がこぼれるのと同時に、頰《ほお》に涙が流れた。

「やだ。いやだ。わたし……やだ！」

甘えてだだをこねて八つ当たりするように、シャルに向かって叫んでいた。

「なくすなんていや！　戻《もど》して、戻して欲しい！　エリルを見つけて！　戻して！　それで命がなくなってもいい！　砂糖菓子《がし》を作れないなんていや！」

「アン」

「戻して！　戻してよ！　命なんかいらない！」

ぴしゃりと、突然《とつぜん》右の頰に衝撃《しょうげき》が来た。シャルが、アンの頰を打ったのだ。びっくりして叫び声が止まると、シャルはいきなりアンを抱《だ》きすくめた。

「命は必要だ。馬鹿《ばか》」

優しく静かな囁《ささや》きに、涙があふれる。

「シャルは正しい……。命は必要……。でも。でも……」

嗚咽《おえつ》が漏《も》れ、もう我慢《がまん》できなくなり、アンは声をあげて泣き出した。シャルの腕の中に潜《もぐ》りこむようにして大声で泣いた。

シャルはアンを抱きしめ、髪を撫《な》で、頭のてっぺんに口づけを繰り返し、なにも言わずにいてくれた。

――なくした。なくしてしまった。

アンは泣き続けた。泣いて、泣いて、自分でもなにがなんだかわからなくなるほどに泣き続けた。そして泣くのに疲《つか》れ、しゃくりあげながらシャルの腕の中で小さくなっていた。

もうこの場所から動きたくない、なにも考えたくないとさえ思った。

――これが代償《だいしょう》なのか。

アンにとって砂糖菓子を作ることは生きる意味だ。それがわかっているから、腕の中で泣きじゃくる彼女の絶望感が痛いほどわかる。

アンが砂糖菓子を作れなくなったとしても、シャルは彼女の生涯《しょうがい》を守り通す。だが砂糖菓子を作れない彼女に、はたして自分が幸福と思える瞬間《しゅんかん》がこれから先来るだろうか。
もし来ないとするならば、ラファルは命を奪《うば》わなかったにしても、アンから幸福を奪ったのだ。

──ラファル。

はっきりとした憎悪《ぞうお》を感じる。

アンを傷つけただけではなく、彼女の一番大切なものを奪ったのだ。なにがあろうとも、もう一度ラファルを見つけ出し、今度こそ息の根を止めないことには気が済まない。

腕の中で小さくなって泣くアンの髪《かみ》を撫で、頭のてっぺんに口づけする。泣き続けて体温があがったのか、ふわふわとした感触《かんしょく》が強くなる。これほど泣くアンを見たことがなかった。

アンは時々、涙をみせることはある。けれどこれほど、子供のように声をあげて泣くことはなかった。細い体のどこにそんな忍耐力《にんたい》と強さが潜《ひそ》んでいるのかと思うほど、彼女は極力泣くまいと我慢《がまん》強く耐《た》えている。

泣いて欲しくない。いつものような強さで、できるならばラファルがもたらした不幸など、はねのけて立ちあがって欲しい。

泣くな。そう言いたかったが、しかし泣くなと言う方が無理だろう。手に入れたものを失ったのだ。それはシャルが、自らの片羽を奪われたときと同じ絶望なのかもしれない。

──同じ？

シャルはふと、疑問を感じた。

――本当に、同じなのか？

そして気がつく。

――……同じではないかもしれない。


いくらうちひしがれていても、当然のように夜は明ける。

朝日が昇《のぼ》ったらしく、カーテン越《ご》しの光で部屋の中はほの明るくなっている。しゃくり上げる自分の声が、明るさの中でいやに響《ひび》いて耳につく。

一晩泣き続けた心はからっぽで、自分の運命に向けた怒《いか》りや哀《かな》しみは、疲れの向こうにもやもやとうずくまっている。泣きすぎたせいで感覚が鈍《にぶ》っているのだろう。

しゃくり上げるのもおさまり、アンはただ、ぼんやりと目を開けていた。

「考えていた」

アンの心が真っ白になるのを見計らったように、シャルが口を開いた。

「妖精《ようせい》は必ず、なんらかの能力を持って生まれる。それに比べて人間は、何も持たずに生まれる。人間たちは生まれた後に、能力を手に入れる」

シャルが何を言い出したのかその真意はわからなかったが、耳は彼の声を拾っていた。

「妖精の能力は羽と同じだ。生まれながらに持っているから、それをなくしたときには、同じものを再び手に入れることはできない。だが人間の能力は、生まれた後に身につける……おまえのドレスと同じだ」

シャルの言葉に、ぼんやりとしていたアンの思考がわずかに反応した。

――人間の能力がドレスと同じなら、わたしは今、赤ん坊《ぼう》みたいに裸《はだか》なんだ。

抱きしめられている自分の体が、小さく弱々しくなったような気がするのはそのためだろうか。

――でも妖精が能力をなくすのは、羽をなくすのと同じ。……つらすぎる。二度と戻らないなんて。

言葉の一つ一つが、くっきりと痛みを伴《ともな》って感じられる。妖精たちが羽をなくすことの苦痛が、胸に痛いほど理解できる。けれど本当に妖精たちが感じる苦痛は、今、アンが感じる苦痛より大きいはずだ。なぜなら。

――ドレスなら、また作って着ればいいけれど羽は戻らないもの……。

流れのままにたゆたうような思考が紡《つむ》いだ言葉に、アンはふと気がつく。

――ドレス？

はっとした。

――ドレス？

シャルが言わんとしていることが、わかりかけていた。

――ドレスなら……。

顔をあげた。するとシャルの黒い瞳《ひとみ》とぶつかる。

「なくしたものは、二度と戻らないものなのか。それとも、取り戻すことができるものなのか。おまえがなくしたものは、どちらなんだ？」

妖精の能力は生得的なもの。羽と同じだ。妖精はその能力を生まれながらに持っているし、使うことができる。しかし逆を言えば、その能力を生まれ落ちた後に得る方法はない。

対して人間は、何も持たずに生まれてくる。人間の能力は、人間が生まれ落ちた後に身につけるのだ。学び習い、努力し、励《はげ》み、やっと手に入れる。

「わたしは……なくした」

呆然《ぼうぜん》と、アンは呟《つぶや》いた。シャルは頷《うなず》く。

「そうだ」

――そのとおりだ。でも……。

アンは、シャルの上衣《うわぎ》をぎゅっと握《にぎ》りしめる。

「なくしたものは、また取り戻せる……？」

言葉にして確かめると、黒い瞳はわずかに笑って断言した。

「妖精には不可能なことでも、人間にはできるだろう」

幼い頃《ころ》はアンも銀砂糖をうまく扱《あつか》えなかった。それが悔《くや》しくて、エマの様子を観察し、何度も自分で繰《く》り返し、時間をかけて練習した。もっともっとうまくなりたいと、努力した。そしてアンは砂糖菓子《がし》を作る感覚を体で摑《つか》み、技術を身につけ、銀砂糖師になったのだ。

生まれながらに、銀砂糖師になる能力があったわけではない。

アンには妖精のように、生まれ持った「技術」という羽があったわけではない。べそをかきながら、努力して繰り返して、身につけて手に入れたものだ。

「なくしたものは、また手に入れればいい。人間は手に入れられるはずだ。最初から、何度でも繰り返せばいい。それが妖精と人間の違《ちが》いだろう」

シャルの羽は、カーテン越しのほのかな明るさの中で薄緑《うすみどり》色に輝《かがや》き、厳《おごそ》かな美しさと静けさをまとっていた。妖精王の言葉は、人間のアンの胸にさえ、真っ直《す》ぐに届いた。

彼が嘘《うそ》や偽《いつわ》りを言うはずはないとわかるし、彼の言葉には強さがある。

──取り戻《もど》せるかもしれない。

その思いつきは、カーテン越しの朝日のように、見えないのに確かな明るさを感じさせる。

自分がなくしたものを知っているから、裸の赤ん坊になったように心細いのは変わらないけれど。

──なくしたドレスは、また作って着ればいい。

心臓が強く鼓動《こどう》し、全身に血を送る熱を感じる。なにかがアンの中で、息を吹《ふ》き返している。

「正気に戻った顔だな」

シャルが苦笑《くしょう》するので、自分が今までひどい状態だったのに気がついた。そして当然のように、シャルの腕《うで》の中にすっぽり収まっているのにも気がつく。

アンは慌《あわ》ててシャルの腕の中から身を起こすと、目をこすった。瞼《まぶた》が腫《は》れていて熱っぽい。

そんな自分がみっともなくて、アンは苦笑してシャルを見あげた。

「シャル。わたし、ひどい顔かな？」

「それなりに、そこそこな」

遠慮《えんりょ》のない言葉に、吹き出す。

「そうよね」

けれど今、自分が笑えたことにほっとした。

その時、部屋の扉《とびら》が遠慮がちにノックされた。シャルはベッドを下りると、扉を開いた。

扉の向こうにはキースがいた。肩《かた》には心配そうな表情のミスリルが乗っている。

「ベンジャミンが朝食を作ってくれたんだ。できるなら、食べたほうがいいと思って」

遠慮がちにキースは告げ、シャルの肩越《かたご》しにベッドの上のアンを見る。キースとミスリルが
あまりにも不安げな顔をしているので、申し訳ないような気がした。

——わたしのことで、こんなに心配かけちゃだめだよね。

キースには、ホリーリーフ城での仕事も待っているのだ。その仕事は妖精たちにとって、大切な未来へ繋《つな》がる仕事だ。

アンは腫れぼったい自分の瞼を軽くこすってから、笑顔《えがお》で立ちあがった。

「ありがとう。キース、ミスリル・リッド・ポッド。ちゃんと食べる」

しっかりしたその声に、キースとミスリルは思わず顔を見合わせてほっとしたような顔をする。

扉に向かって一歩ずつ歩くと、アンの中に決意が強くなる。

——やるんだ。最初から。

唇《くちびる》を嚙《か》みしめた。

——最初から。何度でも。

それが人間の無様さでもあり、強みなのだ。

着替《きが》えを済ませてシャルと一緒《いっしょ》に食堂に下りると、食卓《しょくたく》はぎゅうぎゅう詰《づ》めだった。

アンとシャル、ミスリル。さらにキース。キャットとベンジャミン。そしてなんとヒューとサリムまでが、ちゃっかり食卓についていた。

ベンジャミンが腕を振《ふ》るったらしく、食卓にはカボチャのサラダが山のように盛られている大きな鉢《はち》が二つもあった。かりかりに焼いたベーコンと目玉焼き。お茶と、軽く焼いたパンも、それぞれの目の前には置かれている。

乾燥《かんそう》ハーブのお茶が、食堂の空気に爽《さわ》やかさを添《そ》えている。

「おはようございます」

食卓につくとアンは、キャットとヒューに向かって頭をさげた。

「昨夜はすみませんでした。それに、ありがとうございます。わざわざ確かめてもらって」

キャットはパンに手を伸《の》ばしながら、何気ないふうに訊《き》いた。

「てめぇは、大丈夫《だいじょうぶ》なのか？」

「はい。もう、大丈夫です」

こんな腫れぼったい目をして大丈夫と言ったところで、昨夜どれほど自分が泣いたのかはばれているだろう。それでも精一杯《せいいっぱい》の努力で微笑《ほほえ》むと、それを見たヒューが吹き出す。

「相変わらずタフだな、アン。キャットの方がよっぽど弱っちいぜ。こいつは昨夜、心配で裏庭をうろうろし通しだったぞ」

するとキャットが、対面にいるヒューをじろっと睨《にら》む。

「うるせぇ、余計なこと言うんじゃねぇ。そもそもなんでてめぇ、ここに座ってやがるんだ」

「キースが食って行けと言ってくれたからさ。なぁ」

と話をふられたキースは、キャットの「余計なことしやがって」という視線を受け止めて小さくなりながら、「ええ、まあ」と申し訳なさそうに首をすくめた。

「けっ！　こんなやつに食わせるこたねぇ！　どうせお屋敷《やしき》じゃうまいもの食ってやがるんだ。なにしろお貴族様だからな！　帰れ帰れ！」

「ひがむなよ」

「ひがんでねぇ！　てめぇがここにいるのが鬱陶《うっとう》しいって言ってんだ！」

キャットはいざ知らず、ヒューがキャットをいじり回して、なるたけ場の空気を明るくしようとしているのが感じられた。

「食欲《しょくよく》はありますか？　アン」

ヒューの隣《となり》に遠慮がちに座り、影《かげ》のように静かに気配を殺していたサリムが気遣《きづか》うように訊いてくれた。

「うん。すこしは、ある。お久しぶり、サリムさん。サリムさんもいっぱい食べてね」

褐色《かっしょく》の肌《はだ》の異国の青年は、隣の主人とキャットをちらりと見やって、無表情のまま言う。

「まあ、頂きます。肩身《かたみ》は狭《せま》いですが」

するとベンジャミンがお茶のポットを抱《かか》えて、みんなのカップにお茶を注いで回り始める。

「遠慮はいらないから、いっぱい食べてね〜。いっぱい作ったからね〜。はい、アン。これアンの好きなお茶だよぉ」

ベンジャミンがにこにこ笑いながらアンのカップにお茶を注ぐ。そのハーブ茶は甘い香《かお》りがする、おやつ用のお茶だ。けれどアンがそのお茶を好きなのを知っているベンジャミンが、元気づけるためにわざわざそれを選んだのだろう。

ここにいる全員にまる一晩、心配をかけたのだ。

アンは椅子《いす》の上で座り直し、背筋を伸ばした。

「食事の前に、ヒュー。話しておかなくちゃいけないことがあるの。せっかくベンジャミンが作ってくれた美味《おい》しいご飯を、気まずい感じで食べるのも嫌《いや》だし」

その言葉に、場が静まった。

「言ってみろ」

腕組《うでぐ》みして、ヒューは椅子の背によりかかった。

「わたしが今、砂糖菓子を作れる状態じゃないのは昨夜見てもらったとおりよ。調査の仕事が済んだんだから、本来ならホリーリーフ城に帰って、妖精《ようせい》たちを指導する仕事に復帰するべきなんだろうけれど、無理だと思う。だから今は、仕事を休ませて欲しいの」

「休む、か」

確かめるように言ったヒューに、アンは頷《うなず》いた。

「うん。休む」

「辞《や》めるとは言わないのか？　王家勲章《くんしょう》を返上するとも？」

そう問い返したヒューの勘《かん》のよさに、頼《たの》もしいものを感じる。彼にはアンの意志が透《す》けて見えているのかもしれない。

「言わない。わたしは仕事を休んでいる間に、最初から修業《しゅぎょう》をやりなおすの。見習いとして、技術を一からやり直していく。そしてまた、もとの力を取り戻《もど》してみせる。だから王家勲章も返上しない」

「やり直すの？」

キースが啞然《あぜん》とした表情で問うので、アンは頷く。

「やり直すわ。なくしたものを、最初から取り戻す」

決意を持って断言すると、ヒューが天井《てんじょう》を仰《あお》ぐようにして大きな笑い声を立てた。

「本当にタフだよ、おまえさんは！　恐《おそ》れ入る！」

その笑い声をきっかけにしたように、キャットが手にしていたパンを二つにちぎって口に運びながら言う。

「当然じゃねぇか。なくしたら、取り戻しゃいいんだ。簡単なことだ。ホリーリーフ城の仕事を気にする必要はねぇ。俺とパウエルで回していける。てめぇは修業しな。と、言っても、どうやって修業する？　修業には手本となる職人が不可欠だぜ」

「そうですよね」

確かに、やり直そうと自分で決めたのはいいが、どうやって修業をし直するのがよいのか、具体的なことは全く考えていなかった。

一人この工房《こうぼう》に残って銀砂糖と向き合っても、成果は上がらないだろう。修業というのは、まず手本となる職人がいてこそ。職人の世界が徒弟《とてい》制度を敷《し》いているのはそのためだ。先達《せんだつ》の技《わざ》を自分のものにして、そこからさらに自分なりに感覚を磨《みが》いていくのだ。

「誰《だれ》か手本になる職人……」

幼かったアンの手本となったのは、母親のエマだった。手本とするならば、エマのように尊敬できて、腕《うで》のある職人がいい。

最も理想的な職人はヒューだが、彼は国王陛下のためだけに砂糖菓子《がし》を作るので、常に銀砂糖に触《ふ》れているわけではない。それよりも銀砂糖子爵《ししやく》としての雑務をこなす方が忙《いそが》しい。

次に思いつくのはキャットだが、彼もまた現在、ホリーリーフ城の仕事に携《たずさ》わっているので、砂糖菓子作りを日常的にするわけではない。

ルルは師匠《ししよう》として、最も優《すぐ》れている。だがおそらく砂糖菓子を作るほどの力は、もうないはずだ。アンが頼めば、彼女は指導を引き受けてくれそうな気もするが、最期《さいご》の時を見つめながら静かにのんびりと過ごしている彼女に無理をさせるのも嫌だ。

「ペイジ工房はどうだ？」

考え込んだアンに、笑いを収めたヒューが提案した。

ヒューは自分の皿にカボチャのサラダを取り分けながら、ちらりとアンを見やった。

「あそこにはコリンズがいる。グレン・ペイジもな。コリンズもなかなか腕はいいが、グレン・ペイジは経験もあるし、職人としてすぐれた感性がある。それにペイジ工房は、見習いをいい職人に育てる環境《かんきょう》がある」

あまりに山盛りにサラダを取るので、キャットがヒューの手から匙《さじ》をひったくった。

「ちったぁ遠慮《えんりょ》しやがれ！　意地きたねぇ。子爵様が聞いて呆《あき》れる」

「腹が空いてるんだがな」

「だからてめぇはてめぇの屋敷で食え！」

ひったくった匙を、キャットは勢いよくアンの方に突《つ》きつけた。

「こいつの行儀《ぎょうぎ》の悪さは許せねぇが、言ってるこたぁ妥当《だとう》だ。エリオットの野郎《やろう》はふざけてるが、ペイジの親父《おやじ》はわりとまともだ。ペイジ工房に行け」

――ペイジ工房。

その名前に、言いようのない懐《なつ》かしさを感じる。そこはアンが「ただいま」を言える、唯一《ゆいいつ》の場所だ。甘えていい場所だ。

だが同時にアンが望めば、工房としてきっちりと厳しく、アンを躾《しつ》けてくれるはずだ。

自分の技をなくし、まるで腕をもがれたように心細い。決意し、強がって、最初からやり直すと決めても、心許《こころもと》ない。

だが、そこでならばやり直せる気がする。

さっきから神妙《しんみょう》な表情で、ミスリルは食卓《しょくたく》の上に座っていた。静かに天板のささくれをむしっていたのだが、彼は突然《とつぜん》すっくと立ちあがった。そして勢いよく頭をさげた。

「アン！　ごめんな、ごめんよ！」

いきなり頭をさげられたアンは、きょとんとしてしまった。

「なに？　ミスリル・リッド・ポッド」

「なにって！　アンが砂糖菓子を作る感覚をなくしたのは、俺様を助けようとしたからで！　それは俺様のせいってことで。そんでもって、アンが砂糖菓子作れなくなったら……アンは砂糖菓子が大好きなのに。それなのに」

肩《かた》を震《ふる》わせ涙《なみだ》ぐみ、ミスリルは悔《くや》しそうに唇《くちびる》を噛《か》んでうつむいた。怒《いか》り震えて、悔しがり、自分を責めるようなミスリルの姿に、アンは微笑《ほほえ》んだ。

「あなたのせいじゃないよ。ミスリル・リッド・ポッド。これはわたしが望んだことの結果よ」

アンはミスリルの命を繋《つな》ぐことを望んだ。その結果がこれなのだ。

——そうだ。わたしが望んだことなんだ。

望みを叶《かな》えた結果なのだから、アンはそれも受け止めるべきなのだ。ただ絶望して、うちひしがれていれば、ミスリルが苦しむ。アンだって苦しいばかりだ。それならば、アンはこの結果に立ち向かわなくてはならない。

「後悔《こうかい》はしてない。けれど今のままでは、いや。だからわたしは行きたい、ペイジ工房へ」

「アン」

泣きべそをかきそうなミスリルの顔を覗《のぞ》きこむ。

「一緒《いっしょ》に来てくれる？　ミスリル・リッド・ポッド」

「……お、おう。行く。行くぞ、俺様」

アンはミスリルに頷いてみせ、そしてシャルに顔を向ける。

「シャル。わたし、ペイジ工房へ行きたい」

するとシャルはゆったりとお茶のカップに手を伸《の》ばしながら答えた。

「おまえの望む場所へ行け。俺はおまえが行く場所ならば、どこへでも行く」

アンにとってそこは、一筋の希望の光が導く場所だった。

ペイジ工房派の長《おさ》代理エリオット・コリンズに、翌日アンは手紙を出した。

アンが経験したことと、彼女の状態を説明し、見習いとしてペイジ工房で修業をさせて欲しいとしたためたらしい。するとその次の朝には、もう返事が来た。手紙を届けた手紙屋に折り返し返事を持たせたらしく、ほぼ走り書きのような返事だったが、エリオットの意図はよく理解できた。

『歓迎《かんげい》するよ。帰っておいで』

たったそれだけ書かれた手紙にアンは勇気づけられたらしく、急いで荷造りをはじめた。

アンがなくしたものを思えば、シャルですら絶望的な気持ちになる。だが彼女自身が前をむき、強がりでも自分の運命に挑《いど》もうとしている今、シャルがあれこれと気をもむ必要はないのかもしれなかった。

ただ、許せないのはラファルだ。彼がアンを傷つけさえしなければ、彼女は自分の人生そのものである砂糖菓子作りの技をなくすという、大きな損失を抱《かか》えないですんだ。

――あいつがペイジ工房に到着《とうちゃく》して落ち着いたら、ラファルを見つけ出す。

そしてシャルは、今度こそラファルを滅《ほろ》ぼすのだ。そしてエリルを、もっと自在な未来を選べるようにしてやるのだ。ラファルの呪縛《じゅばく》から彼を解放する必要もある。

彼らの居所はわかっている。彼らは最初の砂糖林檎《りんご》の木がある場所にいるはずだ。最初の砂糖林檎の木も何処《どこ》にあるのか、わかっている。

だが、そこへどうやって行くのか。

――方法がわからない。

シャルは夜空を見あげていた。裏庭に吹《ふ》きこむ秋風が、頬《ほお》に触れ、羽を優《やさ》しく撫《な》でるのは心地《ここち》よかった。

しばらくそうしていると、

「明日、出発だね」

外階段からキースが下りてきた。シャルの姿を見つけると近寄ってきて、隣《となり》に並んで星を見あげる。

キースはホリーリーフ城の仕事を続けながら、夜にはパウエル・ハルフォード工房に帰ってきてアンの荷造りを手伝った。そのおかげで荷造りは今日の昼間に終わっていた。

エリオットの返事を受け取ったのは昨日なのに、明日はもう出発だ。こうやって事を急いだアンの中にあるのは焦燥感《しょうそうかん》だろう。

一日中荷造りで動き回っていたせいか、アンは荷造りが終わるとすぐに部屋に帰ってベッドに潜《もぐ》りこんだ。いつもならばこの程度で疲《つか》れは見せないが、さすがに、十日も眠《ねむ》り続けた後では体力が落ちているらしい。

寝間着《ねまき》がわりのシャツ一枚の姿では肌寒《はだざむ》いのか、キースは両腕《りょううで》で自分の腕を抱《だ》くようにしていた。

「寒いなら寝《ね》ろ」

呆れて言うと、キースは頑《かたく》なに首を振《ふ》った。

「いやだよ。君に命令されるのは」

「命令はしていない。勧《すす》めただけだ」

「じゃあ、言い直すよ。君に勧められたことは、したくない」

「なんだ？　それは。二十歳《はたち》で今更反抗期《いまさらはんこうき》か？」

「君へのね」

そしてふと口をつぐみ、眉根《まゆね》を寄せる。その横顔には青年らしい堅《かた》さと、強さ、そして不安定さがある。

「僕は君が羨《うらや》ましくて、妬《ねた》ましくて、憎《にく》らしくて仕方ないんだ。だから君の命令や勧めなんかききたくないんだ」

「いきなりだな」

「君は横柄《おうへい》で、口が悪い。肝心《かんじん》なことは喋《しゃべ》ってくれないし、秘密も多い。でもアンは、君を選んだんだ」

水色の澄《す》んだ瞳《ひとみ》は星のきらめきを映して、他《ほか》のものは見たくないとでも言いたげにじっと動かなかった。シャルはため息をつく。

「聞いたか？」

「聞いたよ。アンから直接」

「言ったはずだ。手放す気はないと」

「そうだったね。そして僕も、ゆずられるのなんかまっぴらだった」

キースの口元が歪《ゆが》む。

「まっぴらだったはずなのに、僕は、後悔してる。君にあんなことを言わずに、君がアンから離《はな》れるままにしておけばよかった。そして僕がアンの恋人《こいびと》になれればよかった。そんなふうに思って後悔してしまうんだ。それが僕は……嫌《いや》だ。そう考えている今の自分が、嫌だ。僕は常に、どんなことに対しても公正でありたいのに、そうやって後悔してる」

「でもおまえは、公正に振る舞《ま》った」

「後悔してるんだよ、僕は。公正に振る舞ったことを」

「それでも、そう振る舞ったのは事実だ。おまえは公正だった」

キースは顔を夜空に向けたまま、両手で顔を覆《おお》った。口元だけが見えたが、その口元は自嘲《じちょう》するように笑っていた。

「君が羨ましいよ。憎らしくて、妬ましいよ。けれど僕は君も嫌《きら》いじゃない。困るよね。いっそ君を大嫌いだったらよかった」

じっと動かないキースを見つめて、シャルは心の奥に重く受け止めるものがあった。

――これほど清廉《せいれん》な人間が存在するのか。

シャルは、人間が嫌いだった。リズ以外の人間は、彼女を殺した悪鬼《あっき》に思えた。

だがアンは違《ちが》った。アンと触《ふ》れあい、愛《いと》しさを感じることでシャルは人間そのものをすこし見直した。ペイジ工房《こうぼう》の連中や、ヒューやキャット、彼らに関しても馬鹿《ばか》者ぶりが面白《おもしろ》くて、好感を持った。

それでも人間を尊敬したことはない。

けれど今、目の前にいる青年が、自らの中の歪みや弱いものを正直に認めながら、真っ直《す》ぐありたかったのだと告白する姿は尊いものだと思えた。

自らの弱さ醜《みにく》さを知らずに真っ直ぐにある者は、ただの鈍感《どんかん》だ。

だがキースは、自らを知りながらも、真っ直ぐにあろうとして苦悶《くもん》しているのだ。

キースの真っ直ぐで混じりけのない恋心《こいごころ》を、シャルは引き受けなくてはならない。彼の思いを砕《くだ》いた分だけ、彼と同じように、彼以上に、アンを幸福にする必要がある。

「あいつを守る。なにがあっても、すべての不幸から守る」

誓《ちか》うと、キースは小さく満足そうに笑い声を立てたが、それは涙声《なみだごえ》にも聞こえた。

シャルはきびすを返し、キースに背を向けて歩き出した。すると、

「約束だよ。シャル。彼女を守って」

背中に、呟《つぶや》くようなキースの声があたった。シャルは振り向かず、頷《うなず》いた。

「約束する。誓う。おまえの公正な魂《たましい》に」


—買いかぶりだよシャル。僕は根っからの、公正な人間じゃないよ。

去って行くブーツの靴音《くつおと》を聞きながら、キースは掌《てのひら》の下で自嘲《じちょう》した。

——今だって、ほら。こんなに後悔《こうかい》してる。こんなに苦しい。こんなに悔《くや》しい。

けれどシャルはそれを百も承知のはずだ。それなのに彼はキースに「公正な魂」と言ってくれた。彼はただの慰《なぐさ》めで、そんなことを言うほどお人好《ひとよ》しではない。本心からそう思ったからこそ、シャルはその言葉をくれたのだ。

シャルの言葉は、無様に乱れるキースの胸の中に、小さな光のようになってとどまる。その光に救われたような気になっている自分に、苦笑《くしょう》する。

——ありがとう。

苦笑しながらも、感謝した。そしてさらに心の中で呟く。

——また僕は、別の誰《だれ》かに恋《こい》をするんだ。何度でも恋するはずだ。だから、大丈夫《だいじょうぶ》だ。別の誰かに恋をする。僕は大丈夫だ。恋をするから……。

何度も心の中で繰《く》り返したのは、アンを真似《まね》て、強がってみたかったからだった。

——別の誰かに恋をする。何度でも恋をする。僕は、大丈夫だよ。

そう自分に言い聞かせながら、一方で、明日からこの場所を離れる少女のことを思っていた。

彼女が以前と同じように、良い職人として働ける力を取り戻《もど》すように願っていた。

心から願っていた。

三章　ただいま

翌朝。アンはペイジ工房へ向けて出発した。

キースは朝暗いうちに、仕事のために出て行ったらしい。アンたちが目覚めると食堂の食卓《しょくたく》の上に、『共同経営者が早く仕事に復帰してくれることを願っています』と書き置きがあった。

朝食を済ませると、シャルとミスリルとともに箱形馬車を操《あやつ》ってパウエル・ハルフォード工房を後にした。

ルイストンからミルズフィールドまでは、馬車で半日の距離《きょり》だ。

北東に向け箱形馬車は順調に進んだ。

昼頃《ごろ》には、なだらかな丘《おか》と湖が点在するストランド地方特有の景色が周囲に広がっていた。

秋めくストランド地方は、広葉樹の森が黄や赤に染まっている。針葉樹も多いので爽《さわ》やかな緑も見られるから、秋であってももの寂《さみ》しさはない。人を和《なご》ませる風景だ。

穏《おだ》やかな風景は、アンの中にある不安や焦燥感をやわらげてくれる。

「みんな元気かな」

ミルズフィールドが近づいてくると、手綱《たづな》を操りながらアンはぽかんと空を見あげていた。

長《おさ》のグレン・ペイジに、長代理のエリオット。美人で意地っ張りなブリジット。オーランド、キング、ヴァレンタインにナディールの四人の職人たち。そして母屋《おもや》で家事をしてくれるダナとハル。

懐《なつ》かしい顔を次々思い出すと、早く会いたくなる。

秋風が心地《ここち》よいらしく、シャルは腕組《うでぐ》みして荷台に背をもたせかけ、うつらうつらしていたようだ。しかしアンの声を聞くと目を開けて、羽を小刻みに震《ふる》わせて軽く伸《の》びをした。

「心配ない。あの頑丈《がんじょう》そうな連中に、そうそう変化があるとは思えん」

ミスリルはアンとシャルの間に座って、むふふと笑う。

「なんにしても、楽しみだよな」

彼がひどく嬉《うれ》しそうなのが意外だった。

「なにがそんなに楽しみなの？」

「はっはっはっ！　アンへの恩返しがひと段落ついたところで、俺様の仕事がなくなったと思ったら大間違《おおまちが》いだ。俺様には妖精《ようせい》王としての、偉大《いだい》な使命があるからな！」

「ああ、そっか。妖精王……」

ちらりとシャルに目を向けて「この誤解をどうする？」と目顔で訊《き》くと、シャルはにやりと笑った。そして、

「がんばれ。妖精王。期待してる」

と、心のこもっていない激励《げきれい》をした。どうやら誤解を解く気はさらさらないようだ。

「おう！　見てろよ。俺様はペイジ工房で、アンと一緒《いっしょ》に俺様計画をはじめるんだからな」

「王様としての使命の俺様計画ってなに？　ペイジ工房が関係してるの？」

「まあまあ、庶民《しょみん》は黙《だま》って見守っていてくれ。俺様の壮大《そうだい》な俺様計画を」

王様は相変わらずやる気満々だが、そのやる気がどこに向かっているのか不安なところだ。

そうこうしていると、箱形馬車はミルズフィールドを抜《ぬ》けていた。ゆるく蛇行《だこう》した道の左右にはなだらかな丘が続き、そしてその先にペイジ工房が見えてきた。

丘の裾野《すその》に建つ、きつい傾斜《けいしゃ》の赤い大屋根が懐かしかった。夕日が屋根を照らしている。点在する作業場も、職人たちの住む住居も変わらない。けれど前に来たときよりも活気づいているのは、作業場の周囲に人影《ひとかげ》があり、職人たちが出入りしている様子が見えるからだ。

母屋の前にある横木には、何頭もの馬が繋《つな》がれている。

懐かしくて、嬉しくて、アンは馬を急がせた。

坂道をのぼり、母屋の前に箱形馬車を乗り入れた。馬をなだめ御者台《ぎょしゃだい》から下りると、馬車を手近な木の脇《わき》に寄せ馬を繋ぎはじめた。と突然《とつぜん》、なんの前触《まえぶ》れもなく、母屋の玄関扉《げんかんとびら》が勢いよく開いた。そのあまりの勢いにびっくりしてふり返った。

翡翠《ひすい》のような瞳《ひとみ》で、金髪《きんぱつ》の美しい少女が戸口に仁王立《におうだ》ちしていた。レースをふんだんにあしらった紫色《むらさきいろ》のふわりとしたドレスがよく似合う。

「アン！」

と呼ばれた声があまりにも大きくて、一瞬怒《いっしゅんおこ》られたのかと思った。が、彼女は満面の笑《え》みだった。

「ブリジットさん！」

笑顔を返すと、彼女、ブリジットははっとしたように、両手で自分の頰《ほお》を挟《はさ》んだ。そしてまずいというように、いきなり表情をつんと澄《す》ましたものに変えた。

「あ、あら。アン？　そういえばエリオットが、あなたが来るとか来ないとか言っていたかしら」

明らかに、アンの姿を窓から確認《かくにん》して飛び出してきたらしいのに、偶然《ぐうぜん》出てきたかのように装いたいらしい。彼女独特の、プライドか照れ隠《かく》しか。

それを尊重して、アンもブリジットにあわせることにした。

「お久しぶりです。今日からペイジ工房《こうぼう》にお世話になりたいんですが、それもコリンズさんからお聞きですか？」

「どうだったかしら。わたしは興味が……」

見え見えのブリジットの強がりを引き取るように、別の声が重なった。

「知ってる知ってる。ブリジットはなにもかも承知だよ」

割って入った声と一緒に、腕《うで》まくりしたなりで、樽《たる》をごろごろ押しながらエリオット・コリンズが母屋の脇から姿を現した。相変わらず赤い髪《かみ》が奔放《ほんぽう》に撥《は》ねているし、目は人なつっこく垂れている。

「アン。元気にしてた？」

「コリンズさん！」

「おっと。俺、もうコリンズじゃないんだよね」

エリオットは樽をポーチの下に置くと、片目をつぶって近寄ってきた。

「先月、グレンさんの養子になって姓《せい》をペイジに改めたんだ。だから、エリオット・ペイジ。ブリジットとは兄妹《きょうだい》になっちゃったわけ。ま、誰も俺のことペイジさんなんて呼ばないから、コリンズのままでいいよ」

「兄妹って言うのはやめて。気持ち悪いわ」

本気でむっとしたようにブリジットが言うので、エリオットは首をすくめた。

「へいへい。とりあえずブリジットはお茶をいれてよ。アンから手紙を受け取った時から『アンはいつ来るんだ〜、いつ来るんだ〜』って、うるさく確認して待ちわびてたんだからさ」

「エリオット！」

ブリジットのプライドと照れ隠しをすべて台無しにするエリオットに、ブリジットは真っ赤になった。そしてぷんと背を向けると、背中越《ご》しに声をかけた。

「みんな入りなさいよ。疲《つか》れてるだろうから、お茶くらい出してあげる！」

すたすたと母屋の中に消えていくブリジットの背を見つめて、シャルがぷっと吹《ふ》き出す。アンはエリオットの顔を見あげて呆《あき》れる。

「コリンズさん……。デリカシーがないのか意地が悪いのか、どっちなんですか？」

「俺？　ああ、今のは、正真正銘《しょうしんしょうめい》意地悪。素直《すなお》じゃないからねぇ、ブリジットは。でも心配して待ってたのを本人が知らないんじゃ、ブリジットも損するじゃない？」

「心配？」

「あの手紙を読んで、心配しない奴《やつ》はいないんじゃない？　アンもだけど、シャルもミスリルも色々あったみたいだね」

　エリオットはシャルとミスリルにも笑顔を向ける。

「ははははっ！　なになに、俺様は不死身だからなんてことなかったぞ！」

　高笑いしたミスリルに、エリオットはうんうんと頷《うなず》く。

「さすが十分の一だよね。災難もそれなりに小さかったのか」

「十分の一⁉　なんて無礼なんだおまえ！　この、この！」

　御者台から一気にエリオットの肩《かた》に飛び移ったミスリルは、赤毛を力任せに引っ張る。エリオットはあははと笑って、ミスリルをつまみ上げる。

「シャルも気苦労が絶えなかったんじゃないの？　この二人のお守《も》りじゃ」

「垂れ目が心配するほどのものじゃない」

失礼な返事に、エリオットはわざとらしくがくっと膝《ひざ》を折る。

「あら、そう。俺の心配は無駄《むだ》だったわけか」

「本当にすみません。変な心配かけちゃって。しかも今度は、ペイジ工房を頼《たよ》ることになって」

エリオットは片手でミスリルをつまんだまま、もう一方の手で、ぽんとアンの頭を軽く叩《たた》く。

「なに言ってんの。頼っておいでよ、遠慮《えんりょ》なくさ。言ったじゃないよ、いつでも帰っておいでって。とりあえず、おかえり。アン」

銀砂糖師の、器用で繊細《せんさい》に動く手からは、ほのかな甘い香《かお》りがする。そこから感じる安心感。ここでなら、なくしたものを取り戻《もど》すことができそうな気がした。

「はい。ただいま、帰りました」

自然と笑顔になれた。

「みんなは元気ですか？　グレンさんは？」

問うと、エリオットはつまんでいたミスリルをシャルの肩に戻してやった。そしてアンとシャルを促《うなが》して玄関《げんかん》に向かいながら、軽く首を振《ふ》る。

「職人連中は元気だよ。けどグレンさんは良くない。起き上がれない状態が続いてる。ま、とりあえずグレンさんの部屋に行って顔を見せようよ。アンのこと心配してたからさ」

「そうなんですね……」

グレン・ペイジの病が回復する種類のものではなく、徐々《じょじょ》に弱っていくものだと知ってはいた。だが、実際に告げられるとどうしようもなく気持ちが沈《しず》む。

ヒューが言うところの摂理《せつり》の残酷《ざんこく》さは、世界のどこにでも誰《だれ》にでもやってくるものなのだ。

「なんて顔してんの、アン」

石の七段ステップをあがり玄関に入るなり、エリオットはアンの背をどやしつけた。

「そんなしけた顔は、グレンさんだって見たくないはずだよ。さ、俺とアンはグレンさんのところへ顔を出すから、シャルとミスリル・リッド・ポッドは、食堂に行っててよ。ブリジットがお茶をいれてくれてるはずだしね。つんけんしてるだろうけど、あれは彼女の精一杯《せいいっぱい》のおもてなしだからさ」

シャルの肩に乗ったミスリルが、うんざりしたように両手を広げる。

「なんてわかりづらいおもてなしなんだ……変な女」

「それがあの娘《むすめ》の面白《おもしろ》いところだがな」

シャルは意地悪く笑って、食堂へ向かっていった。あの様子では、お茶をいれるブリジットをからから気満々なのだろう。ブリジットがどれほど百面相をさせられるのか、目に見えるようだった。

アンはエリオットに先導されて、グレンの部屋に向かった。エリオットが扉《とびら》をノックする。

「グレンさん起きていますか？　エリオットです。アンが到着《とうちゃく》したので、連れてきましたよ」

中からは物音もしなければ返事もなかった。しばらくすると、ゆっくりとベッドの軋《きし》む音がして、痰《たん》が喉《のど》に絡《から》んだようなグレンの声が答えた。

「入りなさい」

扉を開き中に踏《ふ》みこむと、ベッド脇《わき》の掃《は》き出し窓《まど》のカーテンは開かれ、斜陽《しゃよう》が部屋を明るく照らしていた。ヘッドボードに背をあずけ、グレンは座っていた。だが今まで彼が横になっていたことは、寝癖《ねぐせ》のついた白髪《しらが》混じりの髪や、寝間着《ねまき》の皺《しわ》の多さからも明らかだった。

「アン。久しぶりだな」

逆光の中微笑《ほほえ》んだグレンは、首筋も手首もひどく細くなっており、それを見るだけで痛々しかった。しかし表情は意外なほど穏《おだ》やかで、かつてペイジ工房が危機的な状況《じょうきょう》にあったときのような険しさがなりを潜《ひそ》めていた。

「お久しぶりですグレンさん。コリンズさんからお聞きになっているとは思うんですけれど、またペイジ工房でお世話になります。今度は見習いとして」

「聞いているよ。ここで働くのはいっこうにかまわない。……大変な目にあったらしいな」

グレンは、白いものが混じる眉《まゆ》をひそめた。髪も眉も、一年前よりは確実に白くなっている。

「砂糖菓子《がし》を作る感覚がわからない、と聞いたが？」

「はい」

落ち着いた瞳《ひとみ》で問われると、また胸にせりあがってくるものがあった。

こうやって初めてグレンと出会ったとき、アンは銀砂糖師の称号《しょうごう》を手に入れた直後だった。あの時の自分の技術の自在さを思い出すと、今の自分が情けなくて、悔《くや》しくて、どうしようもない。

「こちらに来なさい、アン」

グレンは、アンの苦しい胸の内を察したように手招きした。招かれるまま、グレンのベッドに近寄った。するとグレンはアンの両手をそっと手に取る。

「なくしたものを思えば、苦しいだろう。アン」

アンを見つめるのは、父親の顔だった。いたわりが掌《てのひら》をとおしてアンに流れ込むと、視界が滲《にじ》む。けれどなくしたものを取り戻すと決意してきたので、いきなり泣きたくはなかった。

ぐっとこらえて頷く。

「はい。……苦しいです」

グレンの手は痩《や》せてかさかさしていたが、ほのかに温かい。

「君がなくしたものは、ゆっくりと取り戻せばいい。これはいい機会にできる」

「いい機会ですか？」

「そうだ。身につけたものは、意識せずに感覚的にできてしまうものだ。特に幼い頃《ころ》から修業《しゅぎょう》を重ねた砂糖菓子職人ならば、なおさらだ。君もだが、エリオットも、わたしもそうだ。たいがいの職人は体に染《し》みついた感覚を磨《みが》き、それを技《わざ》とする」

銀砂糖に触《ふ》れると、自然と手指が動き銀砂糖を練る。それはもう体に染みついているもので、呼吸と同じだ。その呼吸をいかに端正《たんせい》にできているのかが、各職人の技の違《ちが》いだ。

「だがそれをなくしたなら、どうする？」

「また、身につけるしかないと思います」

「そうだよ。だがその身につけ方も、幼い頃と違うはずだ。もう君は子供ではないから、闇雲《やみくも》に体に覚え込ませる以外の方法もとれるはずだ」

その言葉に、アンはきょとんとしてしまい、エリオットも不審《ふしん》げに眉根《まゆね》を寄せる。

「もう一度、意識しながら覚え直すんだ。感覚的だったものを、しっかりとした技術として自分の中に再構築する。それができれば、作るものにぶれがなくなるんだよ」

グレンの言っている意味が、アンにはわからなかった。それはエリオットも同じようで、すこし首を傾《かし》げる。

グレンは二人の顔を交互《こうご》に見やるが、彼らの戸惑《とまど》いは無視して続けた。

「意識的に技術を自分のものにできた、ぶれのない技術を持った職人はそうはいない。わたしにはできなかった……。それができた職人は、ヒュー・マーキュリーとアルフ・ヒングリー。その二人しか、わたしは知らない」

「要するに、うまくアンが感覚を取り戻すことができれば、技術的にもっといいものを作れるようになるって事ですか？」

　エリオットが問うと、グレンは曖昧《あいまい》に頷《うなず》いた。

「まあ、そんなようなものだな。励《はげ》みなさい、アン」

　グレンの言いたいことはほとんど理解できなかったが、励まされているのだけはわかった。

　グレンはもったいつけた言葉を使っているのではない。ただアンとエリオットが、言葉の意味を理解できないのだ。グレンはそれもわかった上で、あえてかみ砕《くだ》くような説明をしない。

　――理解してみろって、グレンさんはわたしたちを試《ため》している？

　グレンはアンの手をそっと離《はな》すと、疲《つか》れたようにヘッドボードに背を預けた。

「アンの再修業については、任せたぞエリオット。わたしは休むよ」

たったあれだけの会話でひどく消耗《しょうもう》したらしく、グレンは深い息をついて目を閉じた。

「そうしてください。さ、アン。出よう」

　エリオットに背中を押され、アンはグレンに向かって膝を折った。

　部屋を出ると、アンは立ち止まってエリオットを見あげた。

「コリンズさん。グレンさん、なにが言いたかったのかわかりましたか？」

　エリオットは珍《めずら》しく、厳しい顔をしていた。考え込むようにして、宙の一点を見据《みす》えている。

「俺にわかったのは、銀砂糖子爵《ししゃく》やキャットみたいな、いい作品を作る職人になれる可能性が、アンにはあるって事だ」

「こんな状態なのにですか？」

「こんな状態だからこそ、っていうふうに俺には聞こえた」

エリオットはにっと笑ってアンを見おろした。

「その可能性ってやつには、ちょっと興味をひかれるねぇ」

ふと、エリオットの目に職人らしい貪欲《どんよく》さが光る。

――可能性？

まるで裸《はだか》の赤ん坊《ぼう》になったかのように、今のアンは砂糖菓子作りの感覚をなにもかもなくしている。だがそこにグレンは、なにかの可能性があるという。

「まあ、いずれにしても明日《あす》からだね。俺もしばらくはあれこれ外出しなくていい時季だから、なにかあれば言ってよ」

「え、でも。長《おさ》代理の仕事はそれでいいんですか？」

エリオットが歩き出したので、慌《あわ》てて彼の後を追った。

「もうすぐ砂糖林檎《りんご》の収穫《しゅうかく》がはじまるでしょ？　この時季は長も収穫の指揮を執《と》らなきゃならないから、工房《こうぼう》での仕事に専念できるように各工房どうし、雑事は極力やめましょうって取り決めになってるからね。工房にいられるんだよ」

工房の長代理であるエリオットは、日頃《ひごろ》、長の代わりとして、他派閥《はばつ》との交渉《こうしょう》や派閥の仕切りのための外出が多い。本来ならほとんど工房にいられないのだろうが、砂糖林檎の収穫時期は、どこの工房にとっても重要なのだ。

銀砂糖がなくては砂糖菓子職人はなにもできない。

銀砂糖の確保が、なによりも優先される。


エリオットとともに食堂に入ると、大きな掃き出し窓からは斜陽がまぶしく射《さ》しこんでいた。以前アンがいたときに比べ、食堂の中は格段に乱雑になっていた。隅《すみ》には薪《まき》の束が積まれており、暖炉《だんろ》からかきだした灰を入れるバケツはいっぱいになっていた。食卓《しょくたく》の中央には、いつでも使えるように水差しだの木のカップだのが布をかけたまま置かれている。

しかしその乱雑さは、人の出入りと活気を伝えている。

ペイジ工房は息を吹《ふ》き返しているのだ。

シャルとミスリルは、樫《かし》造りで、椅子《いす》が十四脚《きゃく》も並ぶ重厚《じゅうこう》な食卓に着いてお茶を飲んでいた。乾燥《かんそう》ハーブの香《かお》り高いお茶に、ミスリルはほくほくしている。シャルも優雅《ゆうが》にカップの上に手を滑《すべ》らせ目を細めている。妖精《ようせい》が好む香りなのだろう。

ブリジットはシャルとミスリルから一番離れた席に座り、湯気のたつカップを手にしていた。つんとすました顔をして窓の外を見ている。まるでシャルやミスリルなど、関係ないとでも言いたげだった。

「あれ？　ブリジット。なんでそんなところにいるわけ。こっち来れば？」

エリオットがシャルの対面の席に座りながら手招くと、彼女はちらりとこちらを見て、手にしたカップに口をつけながら答えた。

「かまわないでいいわ。わたしは、のどが渇《かわ》いたからお茶を飲んでるだけだし。お茶は出したけど、その先は勝手にしてもらっているの」

その答えを聞くと、シャルが声を殺して面白《おもしろ》そうに笑う。ミスリルは呆《あき》れたような顔をする。

「相変わらずお茶目《ちゃめ》さんだねブリジット」

エリオットは肩《かた》をすくめ、そして食卓の上に置かれているティーセットで手早く茶を淹《い》れる。

「お茶をどうぞ、アン。とりあえず修業は明日からだけど、ご希望なら、今夜二人きりで明日からの修業についてじっくり話しあってもいいしね」

と言いながら、シャルの隣《となり》に座ったアンの前にカップを差し出す。そしてついでのように、食卓の上に出ていたアンの手を食卓越《ご》しに握《にぎ》る。

「なんですか!?」

「俺、ブリジットにふられて以来、恋人《こいびと》ができないんだよね。慰《なぐさ》めてくれない？」

その言葉を聞いていたブリジットが、嫌《いや》そうな顔をしてエリオットを睨《にら》む。エリオットは文句でもあるのかと言いたげに、うすら笑ってブリジットを見やった。しかし突然《とつぜん》、

「いたっ！」

悲鳴をあげて飛びあがった。エリオットの向かい側に座っていたシャルが、ブーツの先でエリオットの膝《ひざ》を蹴飛《けと》ばしたのだ。

「も～、なにするんだよ。シャル。ひどいなぁ。俺になんか恨《うら》みでもあるわけ」

「他人《ひと》の恋人に手を出すからだ、垂れ目」

「恋人？　誰《だれ》のよ、それって」

涙目《なみだ》で膝をさすりながらエリオットが訊《き》くと、ミスリルが立ちあがり大仰《おおぎょう》に手を広げた。

「聞いて驚《おどろ》け！　アンの恋人はなにを隠《かく》そう、ここにいる下心全開のシャル・フェン・シャルだ！」

と言い終わった途端《とたん》に、シャルはミスリルの襟首《えりくび》をひっ摑《つか》まえて床《ゆか》に叩《たた》き落としていた。

「わぎゃっ！」

ミスリルはぺしゃんとその場に潰《つぶ》れ、目を回す。

「ミスリル・リッド・ポッド！」

大慌《おおあわ》てでアンはミスリルを拾い上げ、両掌《てのひら》の上に乗せると再び椅子に腰《こし》を下ろした。目を回したミスリルは、こてりと横になっている。

「誰が下心だ」

呻《うめ》くシャルの横顔をまじまじと見つめて、エリオットがぽかんとしている。

思わずのように、ブリジットも立ちあがり目を丸くしている。

「それ本当なの？　アン？」

仰天《ぎょうてん》した顔でブリジットに問われると、アンは恥《は》ずかしくなって椅子の上で縮こまった。

「え……まあ。たぶん……はい……」

みっともないほど、自分の顔が赤くなっているのがわかる。

「妖精と人間の恋《こい》……す……す……素敵《すてき》……」

震《ふる》える細い声が聞こえた。見ると、台所と食堂を繋《つな》ぐ扉《とびら》の向こうに、顔を半分だけ見せたオレンジ色の髪《かみ》の妖精の少女の姿があった。ペイジ工房で家事を引き受けている、ダナだ。

「ダナ！」

アンはミスリルをテーブルの上に寝《ね》かせて立ちあがりかける。が、ダナはぽっと頰《ほお》を染めるとさらに顔を扉の陰《かげ》に隠す。もうオレンジ色のふわふわした毛先しか見えない。

「あの、あの……。アン。お帰りなさい。それにおめでとうございます。とっても、素敵」

それだけ言うと、髪の毛の先もぱっと扉の向こうへ引っ込んでしまった。相変わらずの恥ずかしがり屋ぶりだ。

それと入れ替《か》わりに、同じ髪色をした妖精のハルが顔を覗《のぞ》かせた。

「お帰りなさい、アン。シャルと、ミスリル・リッド・ポッドも。立ち聞きするつもりじゃなかったんですけれど、出る頃合《ころあ》いを見失ってしまって」

「ううん。いいの。二人とも元気そうでよかった」

「ありがとうございます。アンも、よかったですね」

ハルはにこにこしながら頭をさげると、顔を引っ込めた。

「まあ……。そうなってても不思議じゃないわね。別に意外でもないし驚かないわ」

ブリジットもようやく落ち着きを取り戻《もど》したらしく、わざとらしく咳払《せきばら》いして椅子に座る。

エリオットは頭の後ろで腕《うで》を組み、つまらなそうに椅子の背に寄りかかる。

「あ〜あ、なによ。じゃ、俺はアンとシャルに先を越《こ》されて、恋人もいないわびしい男のままなわけ？　ずるいよねぇ、二人だけ仲良くいちゃいちゃしてるなんて」

「いちゃいちゃなんかしてません！」

おもわずアンが怒鳴《どな》ると、エリオットがしらけたように手を振《ふ》る。

「するする、そのうち。なんせシャルが下心全開って事だし」

「そんなものを全開にした覚えはない」

冷たいシャルの声と視線をものともせず、エリオットはにやにやする。

「取り繕《つくろ》わなくてもいいって。俺も男だからよくわかる。恋人ができたら、そりゃもう、なにもかも全開だよね」

「その赤毛をむしるぞ」

「禿《は》げたら洒落《しゃれ》になんないよ。恋人もいないのにさ」

さすがに引きつりながらエリオットが自分の髪を押さえると、玄関《げんかん》の方から元気のいい声が茶々を入れた。

「むしっちゃえ、むしっちゃえ！　エリオットの髪なんか」

ずかずかと入ってきたのは、褐色《かっしょく》の肌《はだ》に白っぽい髪色の異国の少年職人ナディールだった。背が伸《の》びたのか、以前よりもすこし顔がほっそりして大人っぽく見えた。片耳にある琥珀色《こはくいろ》の石の耳飾《みみかざ》りは、その大人びた彼にもしっくり馴染《なじ》んでいる。

そして彼に続いて、眼鏡の奥に理知的で穏《おだ》やかな瞳《ひとみ》がある、ヴァレンタインが姿を見せる。相変わらず職人というよりは、学者といった風情《ふぜい》だ。

さらに、大きな体で人なつっこい朗《ほが》らかな笑《え》みをみせているキング。

最後には黒髪《くろかみ》のオーランドが入ってきた。左目に革《かわ》の眼帯をして、生来の仏頂面《ぶっちょうづら》がさらに強調されている。

「みんな！」

今度こそ椅子《いす》から立ちあがり、アンは四人の職人たちに駆《か》け寄った。

「元気だった？　アン。シャル。ミスリル・リッド・ポッドは……のびちゃっているのか。つまんないな～」

ナディールがいたずらっ子のような笑顔で言い、アンの顔を覗きこむ。

「今、そこで聞いちゃった。アンって、シャルと恋人同士になったんだ」

「え……そ、それは」

へどもどしていると、シャルが背後でため息をつく。

「この工房《こうぼう》は立ち聞きを奨励《しょうれい》しているのか？」

アンが困っているのを見て、ヴァレンタインがナディールの耳飾りを引っ張った。

「こら。今はそんなこと言ってるときじゃないでしょうナディール」

こほんと咳払いしてから、ヴァレンタインは礼儀《れいぎ》正しく手を差し出した。

「帰ってきてくれて嬉《うれ》しいですよ。アン」

「ありがとう」

手を握ると、ヴァレンタインの背後から、キングが片手をあげる。

「よお。手紙を読んで心配してたんだが、元気そうじゃないか。職人頭《がしら》」

その呼び名に、アンは苦笑《くしょう》した。

「職人頭は妥当《だとう》じゃないかも。わたしここに、見習いになるために来たんだから」

「それでもあんたが職人頭なのは、変わらない」

オーランドは仏頂面のまま言うと、ふと、困ったように眉根《まゆね》を寄せる。

「だが、職人頭で銀砂糖師の見習いというのも、おかしなもんだな」

「大人の赤ん坊《ぼう》、みたいなね。でもいいんじゃない？　面白《おもしろ》い」

エリオットが笑いながら片目をつぶる。

軽々と、アンの状態をいなしてしまうエリオットの砕《くだ》けた様子がありがたかった。変に深刻になられたら、アンはよけいに落ちこんでしまうかもしれない。

「まあおかしなもんではあるが、あんたが帰ってきてくれたのはありがたい。あんた、ここで修業《しゅぎょう》をするんだよな？　それから先のことは考えてるのか？」

オーランドに問われ、アンは肩《かた》をすくめた。

「まだ自分の技術が戻るかどうかもわからないもの。先のことなんか考えられない」

「できるならば、ペイジ工房に残ってまた職人頭として働いて欲しいんだがな。そうすれば俺は安心だ」

「職人頭なら、オーランドがいるじゃない」

「いや。俺は近々、ここを出る」

何気なく言ったオーランドの言葉に、その場にいたキング、ヴァレンタイン、ナディール、そしてブリジットが息を呑《の》んだ。

「……え？」

アンも、ぽかんとした。

「それ、どういうこと？」

エリオットが、あちゃちゃというように、額に手を当てて天井《てんじょう》を仰《あお》ぐ。しかしオーランドはエリオットの仕草も知らなげに、淡々《たんたん》と口を開く。

「今年の最初の砂糖林檎《りんご》の収穫《しゅうかく》が始まって、一番の銀砂糖が精製されたら、それを持ってここを出ることになっている。グレンさんもエリオットも承知だ」

「なにそれ、聞いてないよ！　オーランド！」

ナディールがオーランドに詰《つ》め寄ると、キングも眉《まゆ》をつりあげエリオットを睨《にら》みつける。

「おまえは知ってやがったのかよ！　このことを！」

「正式に決まったのは、三日前だからな。みんな仕事が詰まっていたし、話す機会がなかった」

オーランドは仲間たちの混乱に動じることなく、平然と言う。

エリオットは降参したように両手を上げ、へらっとする。

「そういうこと。職人頭が工房を離《はな》れるんだから、もうすこし段取りつけて、みんなのショックが少ないように話をしようかな～、なんて俺は思ってたんだけどねぇ。オーランド……おまえ、普通《ふつう》に言いすぎだってば……」

最後は愚痴《ぐち》っぽくなっていた。

「でも、どうしてなんですか？　出て行くって」

驚《おどろ》きが去り、アンもようやく質問できた。

「独立するためだ。ペイジ工房派の配下で、メルビルに工房がある。そこの職人が隠退《いんたい》することになって工房を手放すと聞いた。いい機会だからそこを買う」

メルビルは、ミルズフィールドからさらに北東にある田舎町《いなかまち》だ。ここからだと馬車で一日半はかかる。

「独立なんですか……それは……」

ヴァレンタインが、諦《あきら》めたようなため息とともに呟《つぶや》く。

砂糖菓子《がし》職人たちは自分の工房を持ち、そこで一国一城の主《あるじ》としてやっていくことを最終的な目標にするのが一般《いっぱん》的だ。腕のあるオーランドが独立したいと思うのは、当然のことだろう。それは職人ならば当然、理解できる心理だ。

「そっか。オーランド……。独立、かぁ」

「そりゃ。まあ、めでてぇことだよな」

食ってかかりそうだったナディールもキングも、急に勢いをなくす。しかし、

「なに呑気《のんき》なことを言ってるのよ！　あなたたち！」

ブリジットが立ち上がり、オーランドに詰め寄った。

「独立するって、職人頭の仕事はどうするの！」

「グレンさんとエリオットとも相談した。キングが次の職人頭だ」

「俺か!?　聞いてねぇぞ、ってか。自信ないぞ！」

頓狂《とんきょう》な声を出して、キングがぎょろ目をひんむいた。オーランドはこともなげに答える。

「大丈夫《だいじょうぶ》だ。しばらくは、前職人頭のアンだっている」

「ペイジ工房を見捨てていくの!?　ようやく工房が軌道《きどう》にのり出したのに、勝手じゃない！」

ブリジットはさらに声を荒《あら》げる。淡々と、オーランドは返す。

「軌道にのっているからこそ、大丈夫だ。独立は職人としてあたりまえの希望だ。それを勝手となじるのは、それこそ身勝手だ」

身勝手と言われ、ブリジットは真っ赤になり唇《くちびる》を噛《か》んだ。

しかしキングとヴァレンタイン、ナディールの三人は、ブリジットに同情するような目を向ける。彼らも、心の底ではオーランドの突然《とつぜん》の独立宣言に戸惑《とまど》い、見捨てていくのかと問いたいはずだ。

しかし彼らは職人であるがゆえに、職人が独立を望む気持ちも理解できるのだ。

「せっかく……やっと、工房がうまくまわりはじめたのに、どうするのよ」

「俺が抜《ぬ》けたくらいでは問題ない」

「そんなわけないじゃない！　ペイジ工房のことをオーランドは大切に思ってないの!?」

「大切には思ってる。だがそれとこれとは話が別だ」

「大切なんて、嘘《うそ》ばっかり！」

ブリジットはきびすを返すと、掃《は》き出し窓《まど》を乱暴に開け早足でテラスへ出て行く。出て行きざま、怒《いか》りをぶつけるように大きな音をさせて窓を閉める。

「ブリジットさん!?」

アンはオーランドを見やったが、彼は呆《あき》れたようにため息をついただけだ。ブリジットを追って言い訳も慰《なぐさ》めもする気はないらしい。

アンはブリジットが気がかりで、急いで彼女を追ってテラスに出た。彼女は、作業棟《とう》の見えるテラスの手すりに両手をついて立ち止まり、顔を真っ赤にしていた。

「ブリジットさん」

隣《となり》に並ぶと、ブリジットはアンに向かって大声で怒鳴《どな》った。

「オーランドなんか大《だい》っ嫌《きら》い！」

いっそ清々《すがすが》しいほどの、あからさまな八つ当たりだ。

「嫌いなんですね」

「嫌いよ。大嫌い。せっかく工房《こうぼう》がよくなってる時なのに、職人頭が独立するなんて！　お父様もお父様よ。なんでそんなこと許したの？　エリオットも、そう！　へらへらしちゃって！」

ブリジットは歴史あるペイジ工房派の長《おさ》の娘《むすめ》だ。砂糖菓子を作ることこそ許されなかったが、砂糖菓子への思いや工房への思いは、彼女の中にしっかりと根づいているはず。

工房の職人頭が辞《や》めてしまうことが、工房にとってどれほどの損失かよくわかっている。だからこれほどに怒《おこ》るのかもしれない。

――でも、あれ？　それなら変だな。

ブリジットは職人のことはよくわかっているはずだ。工房にとって損失だとしても、職人の独立は職人にとっては夢への一歩だ。それをわかっているからこそ、どんなに損失になろうとも工房の長も独立を止めることはしない。

だからキング、ヴァレンタイン、ナディールにしても、オーランドがいなくなることに衝撃《しょうげき》を受けはしているだろうが、けしてひきとめようとはしない。身勝手とも言わない。

ブリジットは工房で育ったのだ。そんな職人たちの思いを、理解していないはずはない。なのになぜこれほど怒るのだろうか。

彼女がそこまで分からず屋だとは思えない。

どんなに我が儘《まま》勝手をしていても、派閥《はばつ》の長の娘としての誇《ほこ》りと姿勢は、ずっと失わなかった人なのだ。

「どうしてそんなに怒るんですか？」

純粋《じゅんすい》に不思議になって問うと、ブリジットはアンを睨みつけた。

「オーランドが身勝手だからよ！」

「職人の独立は、身勝手なことじゃない。それはブリジットさん、よく知ってるんですよね。知ってて怒っているのが、不思議なんです」

「だって……！」

なにかを怒鳴ろうとして、急にブリジットの顔がくしゃりと歪《ゆが》んだ。手すりを握《にぎ》る手に力がこもり、うつむく。金の髪《かみ》が彼女の横顔を隠《かく》す。

ブリジットが色々なことを理解した上で、なぜこれほど気持ちを乱すのかがわからなかった。だからどう言葉をかけるべきか迷い、アンは手すりに置かれたブリジットの手にそっと触《ふ》れた。

するとブリジットが、うつむきながらぼそっと口を開く。

「教えてくれる？　アン」

「なんですか？」

「わたしがシャルの羽を取りあげられて部屋にずっと引きこもってたとき、あなたは緑色の小鳥の砂糖菓子をくれたでしょ？　けれど一緒《いっしょ》に、子猫《こねこ》の砂糖菓子を作ってくれた人がいたわよね。あれを作ったのは誰《だれ》なのか、確かめたくて」

その言葉に、アンは内心首を傾《かし》げる。一年近く前のことを突然《とつぜん》問われたのが、不可解だった。

――なんで急に、そんなことを？

「教えて欲しいの。あれをくれたのは誰？」

「それは前の時も言ったんですけれど。本人が言ってないのだったら……わたしの口から言っていいものかどうか」

「あれは……オーランドなの？」

ほとんど聞き取れないほど小さな声で、ブリジットはその名前を口にした。

「あの時、わたしをかまってくれる人なんてあなた以外にいなかった。でも……オーランドが左目に怪我《けが》をした時、彼はわたしに『怪我をしなくて良かった』って言ってくれたの。自分は左目を失ったのに……。それでオーランドは、わたしのことを気にしてくれてるんだってわかった。オーランドはずっと前から、同じ態度で変わらずにいてくれている。たぶん、子供の時からそうなの。わたしが、すっかり忘れていた。そしたら、わたしに砂糖菓子を作ってくれるのはオーランドしかいないって気がついたの。それで猫の砂糖菓子をよく見ていたら、やっぱりオーランドの癖《くせ》が出ている気がして」

そこでブリジットはようやく顔をあげアンを見た。

「だからあれは……あれはオーランドなんでしょう？」

ブリジットはアンよりも、数段頭がいい。彼女がそうやって冷静になって気がついてしまったなら、下手《へた》に誤魔化《ごまか》すすべはなかった。

「はい」

頷《うなず》くと、ブリジットはすこしほっとしたように表情を緩《ゆる》めた。

「やっぱりそうね」

「ブリジットさん、それを確かめてどうするんですか？」

「別に……特には……。そうならお礼をしなくてはいけないと思うけど」

そう答えた横顔は、どきりとするほど綺麗《きれい》だった。

――ブリジットさん？　もしかして、突然砂糖菓子のことを言いだしたのは……。

あまりにもブリジットが綺麗なので、アンは不思議とどきどきして、彼女の緑の瞳《ひとみ》をぼうっと見つめていた。ブリジットはすこし照れたように、作業棟の方へ視線をそらす。

するとそこになにかを見つけたらしく、ブリジットの視線が一点に吸い寄せられる。

彼女の視線を追うと、母屋《おもや》に一番近い作業棟の方へ、黒髪《くろかみ》を風になびかせながらオーランドが向かっているのが見えた。キング、ヴァレンタイン、ナディールも一緒だ。

他《ほか》の三人はすぐに作業棟の中に入ったが、オーランドは周囲にいる見習いたちに何事か指示を出し、冷水の樽《たる》を運ばせはじめる。無駄《むだ》なく指示を出し、見習いたちも迷うことなくてきぱきと動けているのを見ると、さすがに職人頭だと感心する。

その姿を見つめて、ブリジットはすねたように呟《つぶや》く。

「大嫌い」

「でも。オーランドって、いい職人頭ですね」

思わず言うと、ブリジットはどこかぼんやりした声で答えた。

「そうかしら?」

しばらく、オーランドの姿を黙《だま》って二人で見つめていると、ブリジットがぽつりと口を開く。

「オーランドが……急に……あんなこと言うからよ……」

夕日に透《す》けるブリジットの金髪《きんぱつ》が、蜂蜜《はちみつ》のように艶《つや》めいている。翡翠《ひすい》色の瞳が輝《かがや》きをおびて、潤《うる》んでいるようなのに甘さがある。それは恋《こい》する者の瞳に違《ちが》いなかった。

——ブリジットさんは、たぶんオーランドのこと……。

だからブリジットはオーランドの独立に驚《おどろ》いて、哀《かな》しくて、その結果、怒り出してしまったのだろう。単純にブリジットは、オーランドに出て行って欲しくないだけなのだ。

夕日は瞬《またた》く間に丘《おか》の向こうに沈《しず》み、職人たちの姿も薄闇《うすやみ》に溶《と》けはじめる。すると職人たちは作業を終わらせ、作業棟から出て行く。オーランドも作業棟の施錠《せじょう》をして、母屋へ向けて歩き出す。

そこでようやくブリジットははっとしたらしく、アンをふり返った。

「ごめんなさい。ぼんやりしてた。中に入る？」

「いいんです。でも、あの。ブリジットさん？　今、好きな人いますか？」

ブリジットは一瞬《いっしゅん》動きを止めた。だがすぐに、なにかを諦《あきら》めたように首を振《ふ》る。

「いないわ、そんな人。あなたと違って」

「オーランドのことは、どう思ってるんですか？」

ぐっと口元を引き締《し》め、ブリジットは眉《まゆ》をつり上げる。

「嫌《きら》いよ。大嫌い」

「嘘《うそ》ですよね」

「なんでそんなことに嘘つかなくちゃいけないの？　嫌いよ、オーランドは。嫌い。わたしのこと顔しかとりえがないって言ったし」

ぷいとアンから視線をそらしたブリジットの横顔は、どこか泣きそうに見えた。

「お礼だけは、言いますか？」

「まあ、それは。言わなくちゃいけないものだもの。お礼だけはね……それだけよ」

ブリジットは自分の心に気がついていないのかもしれない。けれど「お礼だけ」と口にする横顔は、とてももろくて、綺麗で、可愛《かわい》らしくて、アンですら彼女を抱《だ》きしめたくなる。

彼女自身、自分の心の形がわからないのならば、見せてあげたかった。彼女の心の中に、どれだけきらきらして素敵《すてき》なものが生まれているのか。

人を思う心は、もろくて美しくて、砂糖菓子《がし》に似ている。

けれど今のアンには、それを形にする力がなかった。

──綺麗。ブリジットさんは、とても綺麗。

美しいものを目《ま》の当たりにして、そしてそれを形にできないもどかしさに、アンの心は感動ともじれったさともつかないものに震《ふる》えた。

──綺麗なものを作りたい。

もし自分が力を取り戻《もど》すことができれば、最初に、なにを作りたいだろうか。

きっと目の前でそっぽを向いているブリジットの、髪や瞳や睫《まつげ》の震えのような、きらきらしていてもろくて、だけど、どきどきするような。そんな素敵なものを作りたい。

ブリジットとテラスで別れたあと、アンは部屋に入って荷ほどきをした。

そしてその後に夕食を取った。母屋の食卓《しょくたく》には、エリオットとブリジット。オーランド、キング、ヴァレンタインとナディール。他に三人、工房《こうぼう》に戻ってきたという職人が席に着いていた。アンとシャル、ミスリルの紹介《しょうかい》がおこなわれ、そしてオーランドの独立の報告がなされた。

その場の雰囲気《ふんいき》は独立を祝うものだったが、その根底に流れる一抹《いちまつ》の寂《さみ》しさは、職人たちの表情からもわかった。

ブリジットはオーランドと一言も喋《しゃべ》らなかった。しかし不機嫌《ふきげん》なわけではなく、アンが話をふると微笑《ほほえ》んで答える。だがそれだけで、自ら口を開くことも視線をあげることもなかった。

オーランドの独立祝いということで、ワインが振る舞《ま》われ、案の定ミスリルは夕食が終わる頃《ころ》には酔《よ》っ払《ぱら》って食卓に突《つ》っ伏《ぷ》してしまった。

夕食を終えると、アンは酔っ払ったミスリルを抱《かか》えて部屋に帰った。

「この部屋、変わらないよね」

ベッドにミスリルを寝《ね》かせ、毛布をかけてやる。

アンの部屋は前と同じく、黒ずんだ腰板《こしいた》が壁《かべ》に貼《は》られ、落ち着いた雰囲気のままだ。ペイジ工房の母屋は以前に比べて活気があるが、それでも三百年続いている工房の安定感は損《そこ》なわれない。

部屋は綺麗に掃除《そうじ》されていて、ベッドにかけられているカバーも、女性好みの細かな花柄《はながら》。しかもぱりっと洗濯《せんたく》されている。女性の手で整えられた部屋だと一目でわかるので、それが嬉《うれ》しかった。ブリジットがアンを歓迎《かんげい》してくれている証拠《しょうこ》だ。

見習いであるアンが母屋に部屋をもらうのはどうかと思ったが、エリオットが、

「逆にアンが見習いたちと一緒《いっしょ》に寝起《ねお》きしたら、見習いたちの方が戸惑《とまど》っちゃうよ。一応、前職人頭で、銀砂糖師だからね」

と、この部屋を使うように強く勧《すす》めた。

窓を開けたままにしていたので、湖水地方の涼《すず》やかな夜風が部屋に流れ込んでいる。月は明るく針葉樹の林を照らし、草原をなで下ろす風にざわめく草の動きもさざ波のように輝いていた。

シャルは窓枠《まどわく》に腰掛《こしか》け、夜の風景を見つめている。横顔にまつわりつく月光が、彼の睫や瞳を輝かせる。薄青《うすあお》に見える半透明《はんとうめい》の羽はさらさらと風に流れ、ため息が出るほどに美しかった。

アンも窓辺に寄ると景色に目をやる。

「オーランドは、今年最初の銀砂糖ができたら、メルビルに出発するって言ってたよね」

夕食の時、オーランドは独立の時期を明確に宣言した。

今年の最初の砂糖林檎《りんご》だけは、職人頭として指揮を執《と》る。その今年最初の砂糖林檎が銀砂糖に精製されたら、その銀砂糖を独立の祝いとして受け取り、メルビルに出発するという。

それ以降の二度目、三度目の収穫《しゅうかく》と精製は、新しい職人頭のキングに引き継《つ》がれるのだ。

オーランドが独立を決めた土地メルビルは遠い。ミルズフィールドからだと人の行き来もあまりないので、街道《かいどう》はもの寂しく、女の一人旅は無理だと言われている。

「メルビルは遠いなぁ……」

今年の砂糖林檎の初収穫は、おそらく十日後くらいだろう。そこから銀砂糖を精製するのだ。かなりの量を精製することになるから、乾燥《かんそう》にも時間がかかる。

銀砂糖ができあがるのに、おそらく三、四日。天候によっては、六、七日。

そうすればオーランドはもう、旅立つのだ。

しかしオーランドが旅立つメルビルの地よりもはるか遠いのは、アン自身の職人としての再出発の道だ。自分の両手を見つめる。

――こんな手で、わたしはなにかを作れるようになるんだろうか。

「どうした。疲《つか》れたか？」

シャルに問われ、アンは首を振った。

「疲れたんじゃなくて……。不安かな。わたし、ちゃんと自分の技術を取り戻せるのかな？」

「焦《あせ》る必要はない」

「焦るつもりはないの。けど作りたいものがあるから、早く取り戻したいだけ」

「作りたい、か。そればかりだな、おまえは。かかし頭ぶりを発揮して、その他《ほか》のことは大切なことも一切合切《いっさいがっさい》忘れそうだ」

「それは……そんなことないって言えないのが、つらいけど……」

言うとシャルは、ついと手を差し出す。

「忘れられたら困る。来い」

きょとんとして、隣《となり》にいるシャルを見つめる。来いと言われても、こんなに近くに立ってい
るのに、これ以上近寄りようがない。座ったシャルの膝《ひざ》と、アンのドレスのスカートはふれあ
うほどに近い。

アンの表情を見て、シャルは焦《じ》れたようにアンの手首を握《にぎ》って引いた。

「来い」

と、引き寄せられて膝に抱《だ》かれた。

「シャル！」

思わず悲鳴のような声をあげて、シャルの胸を押し返して立ちあがり飛び退《の》いていた。シャ
ルは不満そうに訊《き》いた。

「どうした？」

「どうしたじゃなくて……今の、なに」

「キスしようとした」

当然のように言われて、アンはさらに背後に逃《に》げ、壁《かべ》に張りつく。

「ちょ、ちょっと。それは」

「おまえは、俺の恋人《こいびと》になったのじゃないのか？　まさかそれも忘れたか？　もしそうならか
かし頭もかなりの重症だがな」

「重症って失礼な！　覚えてるもの！」

「ならいい。俺はおまえの恋人だ。そうだな」

「え、えっと。それはたぶんそうなんだけど」

煮《に》え切らないアンの態度に、シャルは不審《ふしん》を感じたようだ。

「俺はおまえが愛《いと》しい。手放したくない。そう言ったはずだ。おまえはそれに応《こた》えたのじゃなかったのか？」

「わたしは……応えたけど」

問われれば、心の中で精一杯《せいいっぱい》叫《さけ》びたい。

──大好きに決まってる。

だが恥《は》ずかしくて、そんなこと口にできなかった。

あのビルセス山脈での告白は、本当にどさくさ紛《まぎ》れの告白だった。こうやって冷静に見つめ合って「大好き」などと言うのは、恥ずかしすぎる。

が、シャルは違《ちが》うらしい。平然と、臆面《おくめん》もなく愛しいと言う。これは妖精《ようせい》ならではの感性なのだろうか、それともシャルだからこそ、これほど率直《そっちょく》なのだろうか。

「聞かせろ。どうも、おまえの態度はおかしい」

「それは、その……あっ、そ、そうだ。明日《あした》も早いし、わたしきちんと寝なくちゃ！　とりあえず、おやすみ！」

しゃきっと手をあげると、ついたての陰《かげ》に飛び込んで寝間着《ねまき》に着替《きが》え、ベッドに滑《すべ》り込んだ。我ながらものすごい早業《はやわざ》だった。

ベッドに入ってからも、胸がどきどきしどおしだった。

——ああいう時、どうすればいいんだろう。ちゃんと恋人っぽく振《ふ》る舞わないと、シャルに呆《あき》れられちゃう。お子様だって呆れられて、もういいって、ほっぽられたらどうしよう。

そう思うのだが、恥ずかしくて、どうしようもない。

——明日は、ちゃんと恋人らしくしよう。絶対。ちゃんと。

ルイストンからの移動でさすがに疲れていたらしく、あれこれと恋人らしく振る舞う方法を考えていると眠《ねむ》ってしまった。

四章　挑む者たち

——逃げた……。

驚《おどろ》くほどの早業でベッドに潜《もぐ》りこんだアンを見て唖然《あぜん》とする。

——逃げたというよりは、逃げられたのか？

衝撃《しょうげき》を受け、軽く落ちこんだ。男でも女でも、人間でも妖精でも、シャルにすり寄る者は多かった。が、飛んで逃げられたのは初めてだった。

しかもベッドに潜りこんだアンは、ほとんど間をおかずに、すうすうと気持ちよさそうな寝《ね》息《いき》を立て始めたのだ。完璧《かんぺき》に眠っている。

額にかかる髪《かみ》をかきあげ、シャルはため息混じりに窓の外へ視線を向ける。

アンの煮え切らない態度は、もしかするとシャルの恋人となったことを後悔《こうかい》しているのかとさえ思えた。死を目前にしたあの瞬間《しゅんかん》、恐怖《きょうふ》と混乱から口走った言葉をアンが後悔していないと、どうして言えるだろうか。もし後悔していたとしても、お人好《ひとよ》しのアンのことだ。自分の言葉に責任を感じ、無理にシャルの恋人になろうとしているのかもしれない。

それともただ、彼女が子供っぽすぎるだけなのだろうか。

もやもやと悩《なや》んでいると、

「……くそっ。空振《からぶ》りか……」

ベッドの上から心底悔《くや》しそうな声がした。見ると、ミスリルがむくりと起き上がるところだった。

「おまえは……、酔《よ》って眠ったふりをしていたのか？」

呆れるのをとおりこして、もはや感心した。

「うん？　ああ、夕食の後は本当に寝《ね》てたんだけどな。さっき目が覚めて」

「いつから起きてた」

「『この部屋、変わらないよね』とかなんとか、アンが言ってるときからだ」

「最初から起きてたわけか」

ひんやりと睨《にら》みつけてやっても、ミスリルはへっちゃらな様子だ。ぐっと親指を立てる。

「おう！　チャンスだと思って薄目《うすめ》を開けて見てた！」

ミスリルはアンを起こさないように気をつけながら立ちあがると、ぴょんと跳《は》ねて窓辺にやってきた。窓枠《まどわく》に飛び乗ると腰《こし》に手を当て、偉《えら》そうに胸を反らす。

「それにしてもシャル・フェン・シャル。おまえ、さっきの様《ざま》はなんだ？　もっと素早《すばや》く、力強く行け！　アンがためらう隙《すき》もないほど、こう、がばっと！」

「寝てろ！　のぞき魔《ま》！」

「ふぎゃ！」

襟首《えりくび》を引っつかんで壁《かべ》に投げつけると、ミスリルは壁に当たってぺしゃりと潰《つぶ》れ、ずるずると床《ゆか》に落ちた。だが、すぐにがばっと起き上がる。

「なにするんだ！　この大切な使命を背負った妖精王に対して！」

「おまえの使命はたかだかのぞき見だろう」

「なんてこと言うんだ、のぞきはただの趣味《しゅみ》だ！　俺様は、ホリーリーフ城の妖精たちと一緒《いっしょ》で、妖精の自由のために働くんだぞ」

のぞきが趣味と言い切ったのには頭痛がしそうだったが、それでも、妖精の自由のため云々《うんぬん》の言葉には真剣《しんけん》みがあった。ふと気になる。

「なにをするつもりだ？　確か、ペイジ工房《こうぼう》でするべきことがあると言っていたな」

ミスリルは胸を張り自慢《じまん》たらしく鼻の下をこすった。

「俺様の命は、みんなに繋《つな》いでもらった大切なもんだ。だから俺様は人生無駄《むだ》になんかしないんだ。妖精の未来のために、一つ道を作るんだ。キースが俺様に、教えてくれたからな」

「あいつが？」

「ああ。あいつ、いい奴《やつ》だよ。失恋《しつれん》しちゃったけどな」

キースの心中を思いやってか、すこしだけミスリルはしんみりとした声を出す。

「たぶんキースは、職人としてもすごい奴だ。そのあいつがさ、俺様に言ったんだ。俺様には色の妖精になる才能があるんじゃないかってさ」

「色の？」

ルイストンの王城で最後の銀砂糖妖精ルルは、職人たちに砂糖菓子《がし》作りの最高技術を伝えた。銀砂糖を糸のように細くして、それを織りあげる技術。

そしてもう一つは、銀砂糖に色粉を混ぜて色をつけるのではなく、色の銀砂糖を作る技術だ。かつては色の銀砂糖を作るため、砂糖林檎《りんご》の木を一年にわたって世話し、色を作る妖精たちもいたとルルは言っていた。

——その色の妖精に、こいつはなると言っているのか？

正直、驚いた。ミスリルがまさか、そんな希望を抱《いだ》いているとは夢にも思っていなかった。彼は彼なりに妖精たちの未来をホリーリーフ城で見つめ、自分の命を見つめ、そして考えたのかもしれない。未来というものを。

まじまじと見つめると、ミスリルはにかっと笑った。笑顔《えがお》はいつものように朗《ほが》らかだったが、目には挑《いど》む者の強さと輝《かがや》きがあった。

「俺様にはやることがある。おまえは、アンといちゃいちゃすることくらいしか使命がないだろうけどなっ！」

「それだけなら、全力でそうしてやるがな」

もはや突《つ》っこむのも馬鹿馬鹿《ばかばか》しくなり、軽くいなす。するとミスリルが、すこしだけ心配そうな顔をする。

「他《ほか》におまえは、なにかする必要があるのか？　シャル・フェン・シャル」

「おそらくな」

窓の外。夜空に浮《う》かんだ月から、銀の光が世界に降り注いでいる。銀の色は、エリルの色だ。そしてエリルとともにいるはずのラファルのことも、自然と連想させた。

色の妖精《ようせい》になると息巻く、この水の妖精と。

砂糖菓子を作れなくなっているくせに、それでも砂糖菓子を作ることしか考えられない少女。

さらにホリーリーフ城で着実に数を増やしている、銀砂糖妖精たち。

はっきりとシャルにわかるのは、彼らの未来を守りたいということだ。そしてその未来を守るために、おそらくシャルは、ラファルともう一度対峙《たいじ》し、そして今度こそ確実に滅《ほろ》ぼさなくてはならないだろうということだ。

ラファルはアンを殺そうとした。あの時の、血まみれになったアンを思い出すと、ラファルに対してはらわたが煮《に》えくり返るような怒《いか》りを感じる。

彼のためらいのない無慈悲《むじひ》な行動からも、彼が人間と相容《あいい》れない存在であることは明白だ。

彼が、人間と妖精の関係を乱すことをしたらどうなるか。

――人間たちは、妖精の自由を許さなくなる。

民衆が妖精を危険なものと見なしてしまえば、アンたちが積み重ねてきた努力は水の泡《あわ》だ。

このままラファルを放置しておけば、彼はまた、妖精たちの運命を狂《くる》わせる。その証拠《しょうこ》にエリルの運命がねじれようとしている。

「なにをするつもりなんだよ、おまえ」

「たくさんのものを守るために、戦う。ラファルと」

ぶるりと、ミスリルは羽を震《ふる》わせて身震《みぶる》いした。

「もういっぺん、あいつらと戦う必要なんてあるのかよ」

アンの命を奪《うば》おうとした残虐《ざんぎゃく》さに、ミスリルはおののいている。できるならもう近づきたくもないし、思い出したくもないだろう。

だがシャルは、そうやって逃《に》げることはできない。

「戦う必要はある」

と言ったとき、隣《となり》の部屋から誰《だれ》かが出て行く気配がした。ミスリルはぴくんと羽を震わせて、聞き耳を立てる。

「なんだ、隣か。確か隣は、あの赤毛の部屋だよな。こんな夜中になんだ？」

「さあな」

答えかけて、ふと気がつく。

――ここは三百年間続いた砂糖菓子《がし》工房《こうぼう》か。

「ミスリル・リッド・ポッド。俺はすこし出てくる。おとなしく寝ていろ」

それだけ言い残しシャルは部屋を出た。そして階下へ下りたらしいエリオットを追って、階段を下りた。食堂からは、蠟燭《ろうそく》のゆらゆら揺《ゆ》れる明かりがこぼれていた。

食堂に入ると、食卓《しょくたく》の上には一本の蠟燭が灯《とも》されていた。その明かりのそばには、寝間着《ねまき》がわりのシャツを羽織ったエリオットが座っている。赤毛に指を突っこんで髪《かみ》の毛をぐしゃぐしゃにしながら、目の前に広げた羊皮紙の本を睨みつけていた。

「垂れ目」

「うわっ！」

声をかけた途端《とたん》、エリオットは飛び上がり、危《あや》うく椅子《いす》から転げ落ちそうになる。辛《から》くも体勢を立て直し、エリオットは引きつった顔でこちらを見る。しかしシャルの姿を認めると、垂れ目の目尻《めじり》をさらに下げてあからさまにほっとする。

「なんだ。シャルか。おどかさないでくれる？　幽霊《ゆうれい》かと思っちゃったじゃない」

「おまえは幽霊にまで垂れ目と呼ばれるのか？」

「やな幽霊だね、それは」

「なにをしている」

近づくと、エリオットは髪の毛をかき回す。

「ちょっとねぇ。今日、グレンさんがアンに言ったことが気になって、昔の本なんかを引っ張り出して、確かめててね」

そこでエリオットは、ちらりと口元に笑みを見せた。

「わかったけどねぇ、俺は。あとは……さあ、アンが気がつくかなってとこ」

相手を試《ため》し、その技量をみようとする職人の顔だった。アンはなくしたものを取り戻《もど》すため、この男が見たがっているものを見せる必要があるのだろう。

いけずな奴だと思うが、それもまた職人のあり方なのかもしれない。職人はけして甘くない。

「俺が口を出せることではない」

すると、エリオットは目をしばたたいた。

「あら、そう？　てっきり『俺のアンをいじめるな』とか怒《おこ》るかと思ったのに。残念」

「職人には職人のやり方があるはずだ。それはわかる。だてに、あいつにつきあってない」

「ま、そりゃそうか」

エリオットが椅子の背もたれにもたれかかると、シャルは彼が食卓に広げていた古本を見おろす。

「ここには古い文献《ぶんけん》があるはずだな？　以前何冊か読まされた。あれは何代か前のペイジ工房派の長《おさ》の日記だったが。それ以外には？」

「ああ、あるね。長の日記と、あとは百年前くらいの、この周辺のことを記録した風土記《ふどき》みたいなものかな。国教会の歴史を書いた、やたら古い本もあったけどね」

「砂糖林檎に関する本は？」

「それはかなりある。拓本《たくほん》まであるよ。三代前の長がそういうものが好きで、砂糖林檎《りんご》とか砂糖菓子に関するレリーフとか、石碑《せきひ》なんかを写したものを集めてたらしい」

「それは俺が読んでもかまわないものか？」

「どうぞ。ただし母屋《おもや》からは持ち出し禁止だからね。書庫に案内しようか？」

食卓に広げていた本を閉じると、エリオットは立ちあがった。本を肩《かた》の上に載《の》せ、片手に燭台《しょくだい》を持つと、ぶらぶらと歩き出す。が、廊下《ろうか》に出る前にちらりとふり返る。

「ところで、なんのために？　とか訊《き》いても、答えてくれないよね」

「戦うために」

さらりと答えると、エリオットは眉《まゆ》をひそめた。

「物騒《ぶっそう》だねぇ、相変わらず」

しかしそれ以上、彼はなにも言わずにシャルを書庫に案内してくれた。

ラファルとエリルの居所はわかっているのに、今、シャルは彼らを追うことはできない。なぜなら彼らのいる場所へ行く方法がわからないからだ。

しかしラファルは以前、様々な場所へ行き、古文書を読み知識を得たと言っていた。その彼が最初の砂糖林檎の木へ辿《たど》り着く方法をその過程で知ったとするならば、シャルもまた過去の文字を追うことで、その方法を知ることができる。

闇雲《やみくも》に、過去の歴史を読みあさるばかりでは時間がかかりすぎる。

シャルが欲しいのは、最初の砂糖林檎の木に関する情報だ。

そしてここは、三百年間続く砂糖菓子《がし》工房《こうぼう》なのだ。三百年間、砂糖菓子と向き合ってきた人間たちが、砂糖林檎に関して無関心であるはずはない。

この工房には、砂糖林檎に関して、ひいては最初の砂糖林檎の木に関してのなんらかの情報が眠《ねむ》っている可能性がありはしないだろうか。

翌朝。アンはまだ暗いうちに起きた。眠っているミスリルを起こさないようにそっとベッドを抜《ぬ》け出すと、シャルが部屋の中にいないことに気がつく。

──どこへ行ったんだろう？

昨日、アンは結局、シャルの問いに答えられなかった。こうやってシャルが部屋からいなくなると、恋人《こいびと》らしく出来ない自分の態度に腹を立てたのかもしれないと、すこしだけ心配になる。

しかし着替《きが》えはじめると、ドレスに染《し》みついた甘い銀砂糖の香《かお》りが鼻をくすぐる。そうすると、うわついていた気持ちがすっと引き戻される。自分がなくしたものを思い出し、そしてこれから自分が向かう道に、高さのわからない壁《かべ》がそびえているような気もする。

──これからどんなふうに銀砂糖と向き合えば、技術を取り戻せるの？

グレンが告げた言葉の意味。それを理解できるようになって、初めて自分のするべきことがわかるのかもしれなかった。

着替えを済ませて、作業棟《とう》に向かった。

ペイジ工房にある七棟《むね》の作業棟は、以前は一つしか使われていなかった。しかし今、七棟の作業棟すべてが使われているらしく、それぞれの作業棟の周囲の雑草は刈《か》り取られている。

アンは七棟の作業棟の窓を全部開け放ち、空気を入れ換《か》えた。

一番母屋に近い作業棟に戻ると、草原を隔《へだ》てた職人の住居の方から見習いらしい少年たちが二十人ほど、ばらばらにやって来た。見習いたちは作業棟の窓が開けられているのを見て目を丸くし、恐《おそ》る恐る、扉《とびら》から中を覗《のぞ》く。

「おはよう」

うっすらと明るくなってきた東の空が、窓の外には見えた。その薄明《うすあ》かりのなかでアンが顔をあげ挨拶《あいさつ》すると、少年たちは目を丸くした。

「誰、あんた」

と、十歳くらいの少年が訊くと、背後に立っていた二、三歳年上らしい見習いが、ぽかりと少年の頭を叩《たた》く。

「馬鹿《ばか》！　コリンズさんが言ってたろ！　銀砂糖師の人が、なんかしらないけど見習いの修業《しゅぎょう》をするんだって。銀砂糖師だよ、この人！」

「えっ！ そうなの⁉」

少年たちを混乱させていることが申し訳なかった。

しかし見習いの少年たちの幼さに、アンは改めて感慨深《かんがい》いものを感じた。彼らはおおむね十歳から十五歳程度。一番年かさの少年にしても、まだ世慣れていない雰囲気《ふんいき》があり、可愛《かわい》らしくさえある。自分も二年前は、彼らのように子供子供していたのだろうかと思うと、シャルと出会った頃《ころ》の自分が恥《は》ずかしくなる。

──そりゃ、馬鹿にもしたくなっただろうな。

出会った頃のシャルの態度を思い出して、苦笑《くしょう》した。

「ごんね、みんな。わたしアン・ハルフォードっていうの。銀砂糖師……のはずなんだけど。怪我《けが》をして、その影響《えいきょう》で砂糖菓子を作る感覚を忘れちゃったの。だから一からやり直したいと思ってここに来たの。みんなと同じ見習いだから、よろしくね」

「ああ。はい」

「よろしく」

戸惑《とまど》いながら、少年たちはぺこりと頭をさげる。そしてお互《たが》いをつつきながら、さっそく朝の掃除《そうじ》に取りかかる。アンも掃除を手伝い、次には道具の手入れに移ろうとした。

「なにしてんだ。あんた。こんなに朝早くから」

呆《あき》れたような低い声が、出入り口の方からアンの背にあたった。ふり返ると、扉から射《さ》しこむ朝日を背に、オーランドが腕組《うでぐ》みして立っている。

「おはよう、オーランド。なにって、朝の準備だけど」

「それは見習いの仕事だろう」

「見習いだもの」

ちょっと胸を張って言うと、オーランドは残念そうにため息をつく。

「ああ、そうだったな」

「オーランドこそ、こんなに早くからなに？」

「納期が迫《せま》っている砂糖菓子があるからな。早めに作業を始めるんだ。工房を出るまでに、終わらせないとまずいだろう」

言いながら、オーランドは作業棟に踏《ふ》みこんでくる。そして作業台の上にてきぱきと道具を並べはじめた。

――なんでオーランドは、急に独立を思い立ったんだろう。

オーランドはグレンを父親がわりとしてこの工房で育っている。ここは彼にとって家みたいなもので、そこを離《はな》れようと決意した理由は、「職人なら誰《だれ》でも望む未来」という、紋《もん》切《き》り型《がた》の言葉では説明がつかない気がした。

せめて、父親とも師とも慕《した》うグレンが生きているうちは、彼を支え、彼のそばで働きたいと思う方が自然だ。オーランドは常にぶすっとして不機嫌《ふきげん》そうだが、情け知らずの男ではない。情け知らずの男が、いじけて引きこもっている女の子に砂糖菓子など作らない。

「オーランドは、どうして独立を決めたの?」

「職人としての将来を考えたからだ」

ごく普通《ふつう》の答えが返ってくる。しかしそれがあたりまえすぎる回答だから、余計に違和感《いわかん》があるのだ。

「ここにはグレンさんがいるのに? ここはオーランドにとってはおうちと同じでしょう? ここで職人頭《がしら》としてペイジ工房をもり立てていくのも、職人として悪くないよね? 派閥《はばつ》の本工房の職人頭なんて、工房を持って切り盛りするのと同じくらい責任ある仕事だもの」

オーランドは無言だ。道具の準備が終わると、作りかけの砂糖菓子を棚《たな》から持ち出した。

「それに答えたら、あんたは、俺の代わりにここで職人頭になってくれるか?」

「でも。キングが次の職人頭って」

「キングは腕《うで》もいいし人望もあるが、職人頭の経験がない。せめてあいつが慣れるまで、あんたがそばにいてくれたら安心できる」

「そこまで心配してるのに、なんで独立なんかするの?」

「訊いたはずだ。それに答えたら、あんたはここに残ってくれるのか?」

苛立《いらだ》たしげに問われる。再び持ち出された駆《か》け引きに、アンもすこしだけ腹が立つ。

「それは……まだ。自分がもとどおりになれるかどうかもわからないのに、答えられない」

ふん、とオーランドは鼻を鳴らした。

「その話は終わりだ。俺は仕事にかかりたい」

どうにもオーランドの気持ちがアンにはわからなかった。

──もともとなにを考えてるのかわかりにくい人だけど、本当に、わかりにくい……。

オーランドは、砂糖菓子《がし》にかけられた布を取り去った。

そこに現れたのは両翼《りょうよく》を広げた鷹《たか》の輪郭《りんかく》だった。だいたいの形しかできあがっていないが、これに羽と嘴《くちばし》、目、足の皮膚《ひふ》の質感を加えていけば迫力《はくりょく》のある砂糖菓子になるだろう。

輪郭だけで、その造形の力強さがわかるのはさすがだった。

「わぁ。いいね。羽はどうするの？」

思わずアンは声をあげた。

「銀砂糖を薄《うす》くのばして羽の形に切り出す。羽毛《うもう》の筋を加えて、一枚ごとにそれを並べる」

「素敵《すてき》。でも羽の艶《つや》をだすための練りは、時間がかかりそう」

うっとりとアンは砂糖菓子を見つめていた。銀砂糖を練っていた時のことを思い出すと、その喜びも同時に思い出す。

そんなアンの表情に気がついたのか、オーランドがずい、と石の器《うつわ》にくみあげた銀砂糖をアンの前に突《つ》きつけた。

「やりたければ、やってみろ。手伝ってくれ」

「いいの⁉」

感覚を忘れ、見習いとして一から修業するつもりでやって来た。しかしこうやって誘《さそ》われると、銀砂糖に触《ふ》れたい気持ちは抑《おさ》えられなかった。

「ああ」

素っ気なくアンに石の器を押しつけて、オーランドは左目の眼帯の位置を直す。そして頰《ほお》にかかる髪《かみ》をうるさげにかきやると、大きなヘラを手にして、鷹の輪郭を削《けず》る作業を始める。

アンは作業台に向かい深呼吸した。

──はやく、もとどおりになりたい。

銀砂糖を作業台の上に広げると、冷水をくんで銀砂糖に注ぐ。

──思い出して。思い出して。

意識を指に集中しようとした。指の動き、手の動きを、思い出そうとした。だが。

──わたし、指をどんなふうに使っていたの？　手は？　思い出して。

銀砂糖はアンの指の間でむらになる。

オーランドがそれに気がつき、作業の手を止めた。道具の手入れをしながらアンの様子をちらちらと気にしていた見習いたちも、すこし不思議そうに顔を見合わせている。

──なんで感覚を思い出せないの？

自分の指を見つめて、闇雲《やみくも》に動かしてみる。曲げたり伸《の》ばしたり、かき回したり。素早《すばや》く、遅《おそ》く。様々に自分の指を動かしながら、首を傾《かし》げる。

——どの動きにも覚えがない？　忘れてる？　でも、砂糖菓子を作っていたときの記憶《きおく》はある。記憶はちっとも欠けてない。

しかし、指が動かない。指がどうやって動いていたか、細かな動きが思い出せない。

——体に染《し》みついた感覚はなくしたとしても、自分がやっていたことを頭で覚えていれば思い出せるはず。再現できるはず。なのに、どうして手の動きに関しての記憶が……。

アンははっとした。その瞬間《しゅんかん》、やっと自分の問題を理解した。

雷《かみなり》に打たれたように全身に震《ふる》えが走った。

「……わたし……手の動きの記憶って……。そもそも、動きを意識したことがない……？」

愕然《がくぜん》とした。

思い出そうとしても、そもそも意識したことがないものを思い出しようがないのだ。

「……オーランド……ごめん。わたしは今……銀砂糖を触《さわ》る資格はない」

アンは手を下ろし、悔《くや》しさにうつむいた。

「わたし、駄目《だめ》だ。こんなに闇雲に銀砂糖に触ってても、駄目なんだ」

はっきりとそれを悟《さと》った。拳《こぶし》を握《にぎ》る。

——なんてあやふやなもので、わたしは今まで仕事をしていたんだろう。

「あんた……どうしたんだ？」

アンの表情の変化に気がついたのか、オーランドが不審《ふしん》げに問いかける。しかしアンは唇《くちびる》を噛《か》み、強く首を振《ふ》った。自分が悔しくて情けなくて声を出せなかった。

駄目にした銀砂糖を手早く片付けると、さっとオーランドから離れて見習いたちと一緒《いっしょ》に道具の準備をはじめた。道具の準備と、冷水の準備。銀砂糖精製のために、薪《まき》の準備。

それらをこなしながら、頭の中ではずっと同じ事が廻《まわ》っていた。

──わたしは、馬鹿《ばか》だ！

見習いたちの仕事がひと段落つくと、彼らはそこから朝食を取りに行く。アンも彼らと同じように作業棟《とう》を出たが、朝食を取りには行かなかった。

見習いの仕事を放棄《ほうき》するわけにはいかないので、歯を食いしばってこなしていた。だが本当は自分が恥《は》ずかしくて情けなくて、とにかく人目のないところへ行きたかったのだ。

作業棟を出ると、朝日は草原を明るく照らし、草の葉にたまった夜露《よつゆ》が反射して草原全体が光っていた。しかしそんな景色も目に入らなかった。

徐々《じょじょ》に足を速め、終《しま》いには駆け出し、一直線に草原を横切った。冷水が湧《わ》く湖に向かう。夜露のせいでドレスの裾《すそ》や足元は濡《ぬ》れていたが、それも気にならなかった。

湖の脇《わき》に砂糖菓子用の水をくむ井戸《いど》があった。その井戸の縁《ふち》に両手をつき、息を切らしながら井戸に向かって叫《さけ》んだ。

「馬鹿！　わたし！」

我慢《がまん》していた己《おのれ》への罵倒《ばとう》を思いきり吐《は》き出した。

「馬鹿！　馬鹿！」

アンは今まで、なにをどう作るかばかり気にしていた。なぜならアンの技術は、幼い頃《ころ》から銀砂糖師の母親のもとで繰《く》り返し、培《つちか》って、獲得《かくとく》したものだったからだ。

意識せずともできたのだ。立ちあがる方法、歩く方法を赤ん坊《ぼう》が覚えるのと一緒だ。

アンがなくしたのは、頭の中にある記憶ではない。体の記憶だ。

もしアンが自分の持っている技術についてもっと深く考え、意識し、考察し、体で覚えたことを頭でもう一度理解していたら、今、これほど戸惑《とまど》う必要はなかったのかもしれない。

感覚を失っても、意識し、理論的に頭で記憶している技術ならば再現できる。再現できれば、あとは慣れていけばいいだけだ。

「技術を身につけたって……それで安心してたから……」

自分の呑気《のんき》さが腹立たしかった。

体が技術を覚えたとき、なぜ自分はその力を、慈《いっく》しむように見つめなかったのだろうか。

——後悔《こうかい》しても、しきれない。

井戸の水に映る木の葉の影《かげ》と、自分の顔を見つめていた。

——わたしには技術を思い出すことはできない。そもそも頭で覚えるなんてしていないんだから。ならどうすればいいの？

頭の中はめまぐるしく動いているようなのに、どうすればいいと自問する堂々めぐりから抜《ぬ》け出せなかった。

——わたしは今、からっぽ。でも手に入れなきゃならない。昔みたいに、見よう見まねで、うまくできるようになるまで続ける？

そこまで考えて、強く首を振る。

「駄目《だめ》。駄目よ、それじゃ。同じ事の繰り返し」

体の感覚だけで覚えるのでは駄目だ。そんなあやふやなものに頼《たよ》っていると、結局、なにかが起こったときに対処できないのだ。

こんなふうに一切合切《いっさいがっさい》、体の感覚を忘れてしまうことは二度とないかもしれない。けれどこれほどではないにしても、病や、年を取ることによって、体の感覚が変化する可能性はある。その時に体の感覚だけに頼っていたら、また同じ事を繰り返す羽目になる。

——子供の時と同じ事を繰り返しては駄目。違《ちが》う方法を見つけないと駄目。でも違うって、どう違えばいいの？　結局は技術という同じもの。縦にしたって逆さにしたって……。

その瞬間、はっとした。

「逆さ……。逆？　そうか……体で覚えて頭で理解するのじゃだめなら……。逆をすればいい？　頭で理解して、覚えれば」

それはとてつもなく煩雑《はんざつ》で、時間のかかる手順だろうと予想できた。しかし不可能ではない。ただそのためには、手本となる職人が不可欠だ。

──お手本になる銀砂糖師は、ここにいる。

顔をあげ、母屋《おもや》の方を振り返る。

──でも職人ならば、単純に甘えることは許してはくれないはず。頼るならば、同等のものを差し出さなければ駄目だ。そうでなければただの甘えだ。

自分の手を見つめ考えた。ぐっと拳を握る。

──でも、わたしが差し出せるものはある。あの人に……挑《いど》もう！

顔をあげると背筋を伸ばす。母屋を睨《にら》みつけ、そこへ向けて駆《か》け出していた。

母屋の中は朝日が射《さ》しこんで明るくなっており、台所の方からは朝食用のスープの香《かお》りが漂《ただよ》っている。母屋に寝《ね》起《お》きしている職人たちが数人、二階から一階の食堂へ下りてくるのとすれ違ったが、その中にエリオットの姿はなかった。

「すみません。コリンズさん、もうどこかへ出かけちゃいましたか？」

階段をのぼりきったところで出くわした職人を摑《つか》まえて訊《き》いた。

「いや。まだ部屋から出てきた気配はないけどね」

「ありがとう！」

礼を言うやいなや、アンは廊下《ろうか》を走り、エリオットの部屋の扉《とびら》に向かった。

「コリンズさん！」

呼びながら数回ノックすると、中で人が動く気配がする。そして弱々しく扉が開く。

「あ〜、おはよう。アン……。なに、朝っぱらから？」

たった今ベッドから這《は》いだしたらしく、エリオットは裸足《はだし》だ。しかも裸《はだか》の上に寝《ね》ぼけながらシャツを羽織ったようで、ボタンを掛《か》け違えているし、赤毛も寝癖《ねぐせ》のためにいつもの三割増しで撥《は》ねている。

「あ、……すみません」

自分が興奮した勢いのまま、エリオットのところにやって来たことにようやく気がついた。

「コリンズさんにお話があるんですけれど。また、後で……」

「いいよ、いいよ。せっかく起きたんだし。入る？」

大あくびをしながらも、扉を大きく開いて中に入るように促《うなが》してくれる。アンの勢いと、息を切らしている様子から、はやる気持ちを察してくれたに違いない。彼はこういうところにはよく気がつくし、そして柔軟《じゅうなん》に対応してくれるのだ。長《おさ》代理はだてではない。

アンが部屋に入ると、エリオットは部屋の奥へ向かって窓のカーテンを開けた。

朝日が射しこんだ室内は、乱雑だった。ベッドや椅子《いす》の上に服が投げてあるし、窓際《まどぎわ》の机の上にも本や書類が、今にも雪崩《なだれ》を起こしそうに積んである。部屋の中に漂う男臭《くさ》さに、アンはちょっとたじろぐ。

エリオットはベッドに腰掛《こしか》け、床《ゆか》に投げ出してあったブーツに足を入れはじめる。

「で、なに？　俺を叩《たた》き起こそうと思うほどの話ってさ」

「わたしさっき、オーランドの手伝いをして銀砂糖を触らせてもらいました。それで、自分がどんなふうに銀砂糖に触《ふ》れていたかを思い出そうとしたんです。でも……だめでした」

先刻の悔《くや》しさが蘇《よみがえ》る。

「でも思い出せなくて当然なんです。わたしがなくしたのは、体に染《し》みついた技術です。わたしは今まで、身につけた技術を意識したことがなかった。だから頭の中にはなにもないんです。ほんとうに、からっぽなんです。思い出そうにも、そもそもからっぽなんです」

からっぽの自分が情けなかった。

ブーツを履《は》きおえてから、エリオットはシャツのボタンを直しながらにやりとする。

「気がついたわけね。さすがに、気がつくのが早かったねぇ。俺とどっちが早いかと思ってたけど、ま、同時ってところかな」

シャツのボタンを掛け直すと、エリオットは自分の指をかざして見せた。大きな手だったが、指は長く、器用そうだ。

「職人は、体で技術を覚える。繰り返し繰り返し、感覚でね。それが普通《ふつう》の職人で、体で覚えた技術を普通は意識なんかしやしないって。て、いうかできないよね」

「そうでしょうか」

「そうだよ。俺もそう、アンもそう。グレンさんだってそう。体で覚えたものを意識しようなんて考えて、実行して、そして達成できるのはある種の変人だよ。俺に言わせりゃね」

「ある種の変人って……」

指を退《ひ》き、エリオットは面白《おもしろ》そうな顔をする。

「銀砂糖子爵《ししやく》やキャットみたいな変人ってこと。彼らは、身につけた自分の技術を、自分の中を覗《のぞ》きこむみたいに、執念《しゆうねん》深く正確に綿密に、分析《ぶんせき》して理論付けて頭の中で整理して自分のものにしてる。そういうことじゃない？」

「ぶれがない……。彼らにはぶれがないって、グレンさんは言った」

昨日、グレンがアンとエリオットに告げた言葉の一つ一つが、アンのなかでくっきりと浮《う》かび上がり意味を持つ。

「体の感覚は、あやふやですよね。体調の変化や、年を取ることや、環境《かんきよう》や、いろんな事で微《び》妙《みよう》にぶれる。けれど頭の中に意識して構築したものがあれば、そのぶれを修正できるから。だからグレンさんは……」

ヒュー・マーキュリーとキャット。二人は同程度の実力と評されるが、反面、彼らに並ぶと評される職人はいない。

彼ら二人と、他《ほか》の職人。その決定的な違いはなんなのだろうか。

それこそが、技術のぶれという問題だ。

グレン・ペイジは、それを見抜《みぬ》いたのだ。

「でも体の感覚なんて、意識しようとしても簡単にできるもんじゃない。だからグレンさんは、自分はできなかったって言ったんですね……。けれどその身につけた技術を意識することができれば、職人としてさらに、いいものを作れる可能性が広がる」

自分の頭の中にあったあやふやなものがほぐれ、すっきりとした形になってくるのと同時に言葉が口をついて出る。

エリオットは面白そうな表情で、懸命《けんめい》に言葉を継《つ》ぐアンを見ていた。

「でも、わたしは体が覚えていないんです。覚えていないものは、どうやっても意識することができないんです」

「そうだね。ないものは、意識しようがない」

そこでアンは、改めてエリオットの目を見つめた。

「だからここに来たんです。わたし自身の体が覚えてなくても、他の銀砂糖師の技《わざ》を目の前に見る事ができます。その銀砂糖師の技を、意識しながら頭で覚え、それから体に覚え込ませる事は可能だと思います」

体で技術を覚えて頭に入れるのではなく、頭に技術を入れてから、繰《く》り返して体に覚えさせるのだ。そのほうが身につくのが早いだろうし、技術のぶれがなくなるはずだ。

「他の銀砂糖師ってのは、俺のことだよね。アンは、俺の技術を見て覚えると言ってるの？」

口元は笑っていたが、問い返す口調はわずかに厳しい。

「俺につきあえってことだよね？　アンがその感覚を取り戻《もど》すことに？　俺が暇《ひま》をもてあましてるならつきあってもいいけど、俺は長の代理だよ？　その時間を割《さ》いて、つきあえっていうのはどうかな？　ここは日曜学校じゃないし、俺は日曜学校の教父じゃない」

「つきあってほしいです。でもこれは、コリンズさんにだって必要なことです。ただし、コリンズさんがそうありたいと望めばの話ですけれど」

ここからが、勝負だ。

アンは握《にぎ》っていた手にさらに力をこめ、エリオットを見おろした。

「そうありたいってのは？　どういう意味かなぁ？」

「コリンズさんが、銀砂糖子爵やキャットのような職人になりたいならってことです」

エリオットの表情が、すっと変化した。ふざけた気配が消える。

――怒《おこ》らせた？

そんな気もしたが、ここで引き下がれない。

エリオットは、銀砂糖子爵やキャットにおよばない職人だと断言したようなものなのだ。それが事実で本人も自覚しているとしても、アンのような銀砂糖師になりたての、しかも今は銀砂糖すらろくに練れなくなった職人に指摘《してき》されれば、誰《だれ》だって不愉快《ふゆかい》だ。

しかしそれは百も承知だ。

アンは再び自分の力を取り戻すために、挑まなくてはならないのだ。そしてそれは誰かに憐《あわ》れんでもらうだけではなく、可能性のために互《たが》いを引っ張りあげる試みだ。

「コリンズさんも、さっき言いましたよね。自分の体の感覚なんか、意識しようとしてもしきれるものじゃないって。でもわたしという、別の目がコリンズさんの技術を観察することで、コリンズさんはわたしの目を通して自分の動きを意識できる。わたしがコリンズさんの動きを意識できる言葉と動作に換《か》えれば、客観的な目でコリンズさんは自分の技術を確認《かくにん》できます」

「要するに……俺が銀砂糖子爵やキャットなみに技術の水準を上げられるって言いたいんだ」

銀砂糖師で、砂糖菓子《がし》工房《こうぼう》の中で最も歴史の長い派閥《はばつ》の次期長《おさ》を、アンは誘《さそ》っているのだ。立場からすれば挑発《ちょうはつ》しているようなものだ。

しばらく、エリオットはアンの緊張《きんちょう》した表情を見つめていた。

「言ってくれるねぇ、アン。おまえはもっと修業《しゅぎょう》しろってことか」

やっと彼は口を開くと、続けてにやりと笑う。

「あの二人に並ぶと言われたら、やりたくない職人なんかいないんじゃない？」

その答えに、アンはほっと表情が緩《ゆる》む。

「それじゃ、コリンズさん」

「やるよ。だが、条件が一つ。俺はアンにつきあうが、主導は君だ。俺はそんなことを細々《こまごま》と考えている暇はない。もうすぐ砂糖林檎《りんご》の収穫《しゅうかく》が始まる。工房を離《はな》れないのはそのためなんだから、その段取りや作業の合間を縫《ぬ》って君につきあうんだ。それでいい？」

エリオットの目に、職人の貪欲《どんよく》さが光っていた。彼は欲《ほっ》しているのだ。さらなる進歩を。より良いものを作りたいという、単純な欲《よく》がある。ただそれだけだからこそ、心強い。

これはギブアンドテイクだ。技術をなくしたことを、憐れんで教えてもらうものではない。ともにさらなる可能性を見いだす挑戦《ちょうせん》だ。

「やります。やらせてください。コリンズさんと一緒《いっしょ》に」

アンは真っ直《す》ぐエリオットの目を見る。すると彼はベッドから立ちあがった。そして、

「さっそく、やっちゃう？　今日の午前中、俺は時間がある」

いきなり調子を変え、軽《かろ》やかに、冗談《じょうだん》みたいに問われた声に、アンは頷《うなず》いた。

「はい」

「じゃあまず、最初の手順ね。君はなにをしたい？　アン」

五章　職人の性《さが》

書庫は、グレンの部屋とブリジットの部屋が並ぶ廊下《ろうか》の最奥《さいおう》にあった。

家全体を明るくしようとする意図がうかがえる建物の構造の中にあって、そこだけは特別に光を避《さ》けて設計されていた。

シャルは昨夜からずっと、書架《しょか》に並んだ本を端《はし》から手に取っていた。冒頭《ぼうとう》だけを読み、本の内容を確認すると、関係ないと思われるものはすぐに書架に戻す。関係がありそうな本は、机の上に残す。

それを繰り返し机に本が積み上がると、ようやく腰《こし》を落ち着けて本を開いた。

探しているのは、砂糖林檎の木に関する記述だった。

最初の砂糖林檎の木に関する記述がどこかにあり、そして、そこへ辿《たど》り着くためのヒントが書かれていることを期待した。

人間たちは五百年間、最初の砂糖林檎の木が存在することすら知らなかった。直接的な記述があるとは思えない。

だがしかし、その存在を知っている者の目で改めて古い記述を読めば、そこには最初の砂糖林檎の木を示す比喩《ひゆ》や暗喩《あんゆ》が含《ふく》まれている事に気がつく可能性がある。

——やはり拓本《たくほん》か。

人間が記述したものには、どれほど古いものであろうが目を引く記述はなかった。

しかし数冊ある拓本の一つに、興味を引かれる。

最後の妖精《ようせい》王とセドリック祖王の神話を記述したらしい碑文《ひぶん》の写しは、古代ハイランディア文字だった。国教会の天井画《てんじょうが》に見られるものよりも、記述されている内容が多い。

妖精王とセドリック祖王の最後の対決の場所が、ビルセス山脈の麓《ふもと》であったとか、妖精王の軍勢は北東に追い詰《つ》められたとか。細かな記述は、天井画に描《えが》かれるとき省かれたのだろう。

最も興味を引かれたのは、妖精王とセドリック祖王との会話という碑文の写しだ。

セドリック祖王は妖精王を追い詰《つ》め問う。

『まさに末期《まつご》の時なれば、王の望まんことを語るべし』

妖精王を追い詰めたセドリック祖王が、妖精王を憐《あわ》れみ、彼が死後に望むことを聞いてやろうと言うのだ。それに対する妖精王の答えは、

『我が剣《けん》。王国の中心。二つながらに守られんこと』

と答える。それに対してセドリック祖王がまた質問をするが、その質問はかすれて読めず、さらに続くであろう彼らの問答もかすれて読めなかった。

だがここに確かに『王国の中心』という記述がある。それは妖精国の都のことともとれるが、

銀砂糖妖精の口伝を知った今であれば、妖精王の語る王国の中心がなにを意味するのか想像ができた。

——すなわち、最初の砂糖林檎の木だ。

シャルは唇《くちびる》に指をあて、拓本の文字に目を落としていた。

高窓から見える空はすでに明るく、窓の外で小鳥がかしましくさえずりはじめていた。静寂《せいじゃく》の中に、ふいに小さなノックの音がした。顔をあげると、

「シャル？　ここにいる？」

確かめるブリジットの声がした。

「なんだ？」

答えると、静かに扉《とびら》が開く。ブリジットが遠慮《えんりょ》がちに顔を覗《のぞ》かせた。

「姿が見えないと思ったら……。なんでこんなところに？　朝食はどうするのか訊《き》いてくれって、ダナに頼《たの》まれたの。みんなは食べ終わっちゃったわ。あなたはどうするの？」

問いながらブリジットは書庫に入ってきて、シャルの周囲に積み上げられた本を見て目を丸くする。さらにシャルが開いている本を見て眉《まゆ》をひそめる。

「しかも拓本？　これ、ノースイースウッドの教会跡《あと》にある石碑《せきひ》群の拓本じゃない。こんなもの、国教会の教父が勉強で使う時くらいにしか開かないような本よ」

「この拓本が取られた石碑の場所を知っているのか？」

「え？　ええ。日曜学校でセント州の歴史とか勉強したから……それが？」

シャルは本を閉じるやいなや立ちあがった。

「この拓本が取られた場所へ案内しろ。今から出られるか？」

ブリジットは目をしばたたき、シャルを見あげる。

「なんなの、突然《とつぜん》」

「礼はなんでもしてやる」

その言葉に、ブリジットはぽっと頰《ほお》を赤くした。以前、シャルとの間にあったあれこれを思い出したのかも知れないが、すぐに呆《あき》れたように首を振《ふ》る。

「いらないわ。わたしシャルに、なにかして欲しいなんて思わなくなったもの。でもシャル、そんなこと言ったら誤解する人もいるわよ、前のわたしみたいに。アンが心配するわ」

「なにがだ？」

眉をひそめて問い返した。シャルがブリジットに案内を請《こ》い、その礼をすると言うだけでアンにどんな心配事がおこるのかわからなかった。

するとブリジットは、さらに困ったような顔をする。

「色々と問題がありそうね。あなたたち……」

「なにが言いたいのか知らないが、案内するのか？　しないのか？」

「するわよ。今からでしょう？　特に仕事もないからかまわないわ、ついて来て。……でも…

…アンも大変ね」

ブリジットは最後には、ため息混じりになった。

わけしり顔の呟《つぶや》きは気に入らなかったが、きびすを返したブリジットについて書庫を出た。

母屋《おもや》を出て、馬車が入れられている納屋《なや》に向かった。

納屋はかなりの大きさで、その中にはアンの箱形馬車も納められていた。そして二人乗りの小型馬車や、砂糖林檎《りんご》の収穫《しゅうかく》に使うらしい中型の馬車が三台ほど並べられている。

納屋に入ると、見習いたちが数人、収穫作業用の馬車の点検をしていた。が、妙《みょう》にわいわいとうるさい。

「なるほどな！　振動《しんどう》を抑《おさ》えるために、ここにバネが仕込んであるのか！　すごいなぁ！」

見習いたちの中心にいて大きな声を出しているのは、湖水の水滴《すいてき》の妖精ミスリル・リッド・ポッドだ。水色の瞳《ひとみ》をきらきらさせ、彼は馬車の車軸《しゃじく》に潜《もぐ》りこんで構造をしげしげと眺《なが》めている。

見習いたちは、小さな威張《いば》り屋の妖精を面白《おもしろ》がって、あれやこれやと彼に教えているらしい。

「砂糖林檎は強く揺《ゆ》られると苦みが抜《ぬ》けなくなるからね」

見習いの中でも年かさらしい少年が、知ったふうに言う。

「収穫したその場で精製するのが理想的なんだって、ヴァレンタインさんも言ってたんだ」

「そっか。その場で精製か。なるほどなぁ、いいこと言うな、あの眼鏡」

うんうんと、ミスリルは頷く。彼らは話に夢中になっていて、ブリジットとシャルが入ってきたことにも気がつかないらしい。ブリジットは腰に手を当て、目をつり上げる。

「ねぇ、お口は動いているようだけど、手の方はさっぱりなんじゃないの？　あなたたち」

ひんやりとした声でブリジットが言うと、見習いたちがわっと飛びあがって振り返った。

「ブリジットさん！」

「ごめんなさい！」

少年たちは、急いで車軸にさす油を手にしたり、布を手にして散った。ミスリルだけが陽気に手をあげる。

「おう、めんどくさい女！　なにしてんだ、こんなところで」

「ここはわたしの家で、この納屋にはわたしが使う馬車も置いてあるのよ！　なによ、そのめんどくさい女っていうのは。失礼ね。あなたもシャルも、ほんとうにいやになるわ！」

ブリジットはぷんとすると、自分用の二人乗り馬車に馬を繋《つな》ぎ始めた。

ミスリルは首を傾《かし》げ、シャルを見やる。

「なんだよ、怒《おこ》りやがった。それにしてもおまえ、なんであの女と一緒《いっしょ》にいるんだ？」

「ブリジットと一緒に、外へ出てくる」

「なにしに？　どこへだ？」

「俺のするべき事をするためにだ」

答えると、ミスリルはわずかに眉をひそめる。

「大丈夫《だいじょうぶ》なのか、おまえ」

「ラファルのところに殴《なぐ》り込みに行くわけじゃない。おまえは？　ここでなにをしているんだ」

「俺様か？　俺様は、俺様計画の第一歩の勉強中だ。もうすぐ砂糖林檎の収穫が始まるらしいからな、それまでに基本的なことを知っておくんだ。そうすれば収穫や精製作業の時に、色々気がつくこともできるだろう？」

ふふっ、とミスリルは胸を張る。わりにまともな思考回路で自分の道を模索《もさく》しているらしいミスリルが意外でもあり、頼もしくもあった。

胸を張るミスリルの額を、シャルはちょんと指先でつついた。

「がんばれ妖精王」

馬車を納屋から出すと、ブリジットが手綱《たづな》を持つことになり、シャルは彼女の隣《となり》に乗った。

母屋の前庭を横切って道に出ようとしていると、ちょうど母屋の玄関《げんかん》からアンとエリオットが出てきた。

ステップの下あたりで馬車と鉢合《はちあ》わせしたアンは、車体の存在に驚《おどろ》いたらしく足を止め、さらに御者台《ぎょしゃだい》に座るブリジットとシャルを認めて目を丸くする。

「あ、おはようございます。ブリジットさん。シャルも、おはよう。どうしたの二人して」

「出てくる」

素っ気なくシャルが答えると、アンはすこしだけ不安そうな表情になった。それを見たブリジットが、いきなり、つんととりすました表情を作る。

「楽しんでくるわ。シャルに誘《さそ》ってもらったから」


「シャルが誘ったの？」

アンは急に、なんともいえない不安を感じた。シャルを見やると、彼は平然と頷《うなず》く。

「そうだ。帰りは遅《おそ》くなるはずだ」

「うん。そっか……。いってらっしゃい」

軽く手を振ると、ブリジットは馬に鞭《むち》を入れて馬車を発車させた。その馬車を見送っていると、アンの胸の中はじりじりする。嫌《いや》な気分だ。

そしてすぐにそれが嫉妬《しっと》なのだとわかった。

──いやだな。焼きもちなんか。

シャルが気晴らしに誰《だれ》かと外出することくらい、普《ふ》通《つう》にあるはずだ。たったそれだけのことに嫉妬する自分がみっともない。

シャルは優《やさ》しく口づけて、愛《いと》しいと囁《ささや》いてくれた。自分はまだそれに見合うほど気持ちを返し切れていないのが現状で、戸惑《とまど》ってばかりだ。

それなのに一人前に嫉妬だけするのは、我ながら子供っぽい。

「おや～、アン。なんか泣きそうな顔してない？」

エリオットにからかわれ、アンは自分の表情がどれだけ情けなかったか気がつく。

「なんでもないです」

しゃんと気持ちを立て直そうと、背筋を伸《の》ばす。

今は嫉妬なんかしている時ではない。エリオットの時間も限られているので、ぐずぐずしてはいられない。

歩き出したアンの顔を、エリオットは隣に並んで歩きながら覗《のぞ》きこむ。

「またまた、無理しちゃって。シャルがブリジットと出かけるのが心配なんでしょ」

「シャルは強いから、なにがあっても二人とも大丈夫です」

彼の言いたいことはわかっていたが、それを認めるのが嫌ではぐらかした。

「あ、そうくる？　ま、いっか。ああ、場所はあそこを使おう」

頭をかいて、エリオットは目の前に建ちならぶ作業棟《とう》の一番端《はし》を指さした。

そこは七つある作業棟の一番端だ。母屋から一番離《はな》れた作業棟で、見習いや職人たちの出入りがなかった。他《ほか》の六つの作業棟に比べ、わずかだが天井《てんじょう》が低く、建物自体も一回り小さい。

「この作業棟は、神経を集中する作業をするときに職人が使うために空けてある。時々、ヴァレンタインとオーランドが使ってるみたいだけど、普段《ふだん》は誰もいないよ」

言いながらエリオットは、部屋から持ってきた自分の砂糖菓子《がし》作りの道具入れを作業台の上に置いた。

作業棟の中は、甘い銀砂糖の香《かお》りが強い。その香りをかぐと、雑念がすっと溶《と》けて消える。気持ちが高まってくるのは、染《し》みついた職人の姿勢だ。

「さて。なにからはじめるかな？」

エリオットは腰《こし》に手を当て、アンの言葉を待つ。

——見習いはまず、なにをする？

見習いが最初にやることは、職人たちが使う道具の手入れ。それから練り。色つけ。それらをこなせるようになってから、やっと形を作ることが認められる。

——焦《あせ》らず、一つずつやっていこう。

アンも自分の部屋から、自分用の細工の道具を持ってきていた。手にした道具入れを見おろす。

「まず、道具を手入れします。見習いが最初にすることだから」

「俺は自分の道具を手入れすればいいの？」

理由を、エリオットは訊《き》かなかった。ほんとうに、アンが主導するとおりにやっていくつもりらしい。

「はい。わたしがコリンズさんのやり方を見て、盗《ぬす》みます」

エリオットは作業台の上に、道具入れを広げた。アンも彼の正面に立ち、道具入れを開く。革《かわ》の道具入れに、整然と砂糖菓子作りの道具が並んでいる。

切り出しナイフ数種。大中小のヘラ。めん棒。針。銀砂糖の糸を編むためのかぎ針。道具の刃《は》を研《と》ぐための砥石《といし》。

アンもエリオットも、ほぼ同時に砥石を取り出し作業台に置く。アンは作業棟の隅《すみ》にあった樽《たる》から少量の水をカップにくみあげて、エリオットと自分の間に置いた。

エリオットは指の先をカップの水で濡《ぬ》らし、砥石の上に、指先からしたたる滴《しずく》を数滴《すうてき》垂らす。

アンも同様に、砥石に滴を垂らす。

エリオットは大型の切り出しナイフを手に取り、砥石に当てて研ぎ出した。アンも彼と同じナイフを手に取り砥石にあてがった。だが手は動かさず、エリオットの指を見つめる。

彼の指は刃の上下をしっかりと支え、砥石と刃を平行に保っている。だがその指には力がこもっていない。軽く砥石に当てているだけだ。

――なんでそうやって研いでるの？　力をこめればこめるほど、刃は鋭《するど》く研げるのに。

「大型ナイフは、鋭く研ぐ必要がないんですよね」

なんのことを言われたかわからないらしく、エリオットの動きが止まる。

「研ぐ必要があるから、研いでるんだけどね」

「でもコリンズさん、砥石に刃を押しつける指の力は、軽いですよね」

言われて、エリオットは不思議そうに自分の手もとに視線を落とす。

「このナイフは、鋭く研ぐ必要がない……というか、鋭く研がない方がいいからですか？　でもそれは、どうしてですか？」

研ぎの途中《とちゅう》だったナイフの刃を目の前にかざして、エリオットは目を細めた。

アンは銀砂糖の塊《かたまり》を切り出す作業を思い浮《う》かべる。

「銀砂糖は成形するとき、まだ固くないですよね。その固くない塊を切り、削《けず》るときに、あまりにも刃が鋭いと、刃にあたった先端《せんたん》だけが鋭くえぐれてしまう」

アンが呟《つぶや》くと、エリオットの目が光る。

「それを避《さ》けるのに、わざと刃を鋭く研がないんだな。塊を切ったり削ったりするときは、微《び》妙《みょう》な変化は必要ない。というか邪魔《じゃま》だよね。均一に、平行に切り分けることが大切だ。だからある程度の切れ味だけを求めるのか」

それはほんのわずかな研ぎの変化だ。職人たちはそれを感覚的に覚えていく。

──道具の手入れを最初にするのは、間違《まちが》ってない。

道具を触《さわ》ることは、銀砂糖に触《ふ》れる『手』に触れるのと同じだ。その形、鋭さ、丸みを覚えておけば、道具を使うときにその特性を生かせる。

自分が、何気なく体で覚えていたことの膨大《ぼうだい》さに目眩《めまい》を感じる。

そしてそれを意識せずにいた己《おのれ》を、なんと間抜《まぬ》けなのだろうとも思う。

「なるほど。こりゃ、気がついてもやりたくないよね、実際。ものすごくめんどくさい」

エリオットが肩《かた》をすくめ苦笑《くしょう》する。だがその表情は嬉《うれ》しそうで、少年のように明るかった。

アンは自分の手にある大型ナイフを砥石に当てた。刃に当てる指の位置、力の加減。すべてを頭に入れ、エリオットがしていたように研ぎはじめる。

自分が大型ナイフを研いでいた感覚は、全く蘇《よみがえ》らない。

初めてやる作業のように体が緊張《きんちょう》する。

だが不安なく続けられるのは、これが正しいやり方だとわかっているからだ。

エリオットは中型の切り出しナイフ、小型の切り出しナイフ、そして刃が湾曲《わんきょく》した切り出しナイフ、細く長い直線の刃の切り出しナイフと、次々に研いでいく。

――今まで意識してなかったけれど、ナイフ一つ一つ、研ぎ方が微妙に違《ちが》う。

ヘラやめん棒の磨《みが》き方にも、それぞれに加減があった。

エリオットの器用な手がこなす素早《すばや》い作業を、アンは観察し続けた。

彼の手の動きで気になることがあれば声をかけ、二人で確認《かくにん》をし、作業を続ける。アンは彼の手の動きを一つ一つ思い出し確認しつつ、道具に触れる自分の手に意識を集中させる。

道具の手入れなど慣れた職人であればお茶を二、三杯《ばい》飲んでいる間に終わらせてしまう。

だがアンとエリオットがはじめた道具の手入れは、なかなか進まない。朝食後からはじめた道具の手入れが終わったのは、昼食の時間をとっくに過ぎた頃《ころ》だった。

目と手の神経がぴりぴりしていた。

エリオットは頭痛でもするのか、軽くこめかみをもんでいる。

アンは自分が手入れし終わった道具類を並べ、じっと見おろしていた。そしてエリオットの道具と見比べ、違いがないかを確認する。

「これは、すこし……研ぎすぎ。こっちは逆に、研ぎが甘い」

ブツブツと呟きながら、道具に触れる。

「ねぇ、アン。昼飯にしない？」

「わたし、自分の道具をコリンズさんの道具と同じ仕上がりにしてから行きます」

同じ道具が並んでいて、自分の道具の手入れが相手の道具の手入れにおよばなければ、気になって仕方ないのは職人なら当然だ。

それをわかっているらしく、エリオットは軽く手をあげた。

「じゃ、俺、飯くってくるわ。八日後くらいから、砂糖林檎《りんご》の収穫《しゅうかく》も始まるから、その段取りもしなきゃならないしね。昼飯くいながら、ちゃっちゃっとそれらを終わらせちゃう」

そこでエリオットは、アンに向かって片目をつぶった。

「今年最初の砂糖林檎の収穫だ。八日後、楽しみにしてなよ、アン」

「え……まあ、はい」

砂糖林檎の収穫が始まるのは、職人にとっては嬉しいことだ。しかし改めて、それほど意味ありげに言われると不思議な感じがした。

「アンも終わったら食堂に来なよ」

「はい」と返事はしたが、アンの目はもう道具に注がれていた。手はすでに、自分の切り出しナイフに伸《の》びている。

——これはもうすこし研がないといけない。

砥石に水滴《すいてき》を垂らし、刃に指を添《そ》えて力加減を確かめる。

「大型の切り出しナイフよりは、強く。けれど小型や薄刃《うすば》よりは、軽く。刃を押さえる指の位置にも気をつけて……」

呟いて、砥石に刃を滑《すべ》らせる。なかなか力加減は難しい。眉《まゆ》をひそめながら、しかし口元は微笑《ほほえ》んでいた。

——でも、面白《おもしろ》い。

子供の頃、母親のエマの隣《となり》で、見よう見まねで様々な作業をしていた。あの時は、闇雲《やみくも》になんでもかんでもやりたがっていたから、苛々《いらいら》した。時間もかかった。闇を手探《てさぐ》りで進んで、道を見つけるような気がしていた。

けれど今はすこし違う。

暗闇《くらやみ》に一本細く伸びた糸の上を、慎重《しんちょう》に渡《わた》っていくようだ。

足先が糸から離《はな》れないように、静かに、慎重に、ゆっくりと。その感覚を体が感じている。この体に感じているものを、覚えなおすことができればいい。

「飯は食べないのか？」

ふいに声がかかり、アンは顔をあげた。すると作業棟《とう》の出入り口に、オーランドがいた。いつものように口を引き結びむっつりとしているが、目には気遣《きづか》わしげな色がわずかに見える。朝食にも昼食にもアンが現れないのを心配してくれたのかもしれない。

さすがに職人頭《がしら》だ。いい職人頭は、見習いや職人たちの体調や細かな変化にも気を配り、声をかけるものなのだと聞いたことがある。

「あ、うん。道具の手入れが納得《なっとく》できてから食べる」

オーランドは訝《いぶか》しげな表情で近寄ってくると、道具を見おろした。

「もしかしてあんたとエリオット、午前中いっぱい道具をいじってたのか？　銀砂糖にも触らずに大丈夫《だいじょうぶ》なのか？　あんた砂糖菓子《がし》を作る感覚を取り戻《もど》したいんじゃないのか？」

研いだ刃《は》を目の前にかざして、エリオットのナイフと比べながらアンは答えた。

「だから、これからはじめてるの。道具を触ると、どうしてこんな形になったのか理解できる。銀砂糖の性質が、そこから理解できる」

オーランドは目を見開く。

「そういうことか……」

そして軽く首を振《ふ》る。

「あんたやエリオットが、銀砂糖師だって意味は、やっぱりあるもんだな。あんたが技術を取り戻した後も、ここに残って職人頭になってくれればいいんだが」

確認を終えて、アンは手にあるナイフを作業台に置く。

「職人頭はオーランドよ。立派な職人頭だもの。あなたがいる限り、わたしがこんな状態じゃなくたって、わたしなんかペイジ工房《こうぼう》には必要ない。なんでオーランドは、独立するの？」

「答えたら、あんたは職人頭としてペイジ工房に残るか？」

昨日から何度も言われた言葉に、いい加減腹が立ってきた。

——どうして、今のわたしにそんなこと言うの……⁉

こんな情けない状態のアンを捕《つか》まえて、オーランドは職人頭になれだのペイジ工房に残れだのと無茶《むちゃ》ばかり言う。まるでアンの手が、昔のままだと思っているかのようだ。

——違うのに！　わたし今、前と違うのに！

情けなさがこみあげる。

「オーランドは、ずるい。そうやってわたしに、責任を押しつけようとするの？」

「なに？」

オーランドの表情が不快げになるが、続く言葉を飲みこめなかった。

「心配なら、自分が心配じゃないくらいになるまで、独立なんかしなきゃいいのよ」

自分の中にたまっていた澱《おり》がふつふつと静かに沸騰《ふっとう》してくる。自分の言葉で、なにかに火がついたようだった。

「わたしは今、子供みたいな手になって、道具を触ることから始めてる。今までと比べたら、馬鹿《ばか》みたい。けれど自分の力を取り戻したいからやってるの。一生懸命《いっしょうけんめい》なの、他《ほか》のことなんか考えられないくらい、焦《あせ》ってる。オーランドはそのわたしに、自分の不安を押しつける！」

思わず掌《てのひら》で作業台を叩《たた》いた。並べられた道具類が跳《は》ね、音を立てる。

アン自身も言葉にして、初めて自分がこれほど苛立《いらだ》っていることに気がつく。するとオーランドも、それに触発《しょくはつ》されたように苛立ちを爆発《ばくはつ》させた。

「だがあんたは銀砂糖師だ！」

オーランドが、怒《いか》りを秘めた強い眼差《まなざ》しでアンを見つめる。

「どんなことがあっても、銀砂糖師なら銀砂糖師らしく、それなりの仕事を引き受けてもいいだろう！　それがあんたの責任だろう！」

その言葉が、アンの胸を射貫《いぬ》く。

銀砂糖師としての責任。幾度《いくど》も、ヒューやグレンから言われた言葉だ。もしアンが自分の技術に対してもっと深く考えてさえいれば、今のような状態にならなかったかもしれない。それを考えていなかったのは、自分の責任。

誰《だれ》もそんなこと予測していないし、大多数の銀砂糖師も技術に対してそこまで真摯《しんし》ではない。そう言うことは簡単だったが、しかし、ヒューやキャットならばアンのような状態にも備えられていた。

誰一人できないことではないのだ。だから「みんなやっていない」と答えることは、単なる言い訳にすぎない。

唇《くちびる》を噛《か》むと、悔《くや》し涙《なみだ》がこぼれそうになる。今にも涙があふれそうだったが、それをこらえ、きっとオーランドを見据《みす》えると、彼はたじろいだような表情になった。

「わたしは銀砂糖師と名乗れないくらい、なにもかもが甘い……」

絞《しぼ》り出すように告げる。

「わたしは、今、不安で、心配で、仕方ない。オーランドに八つ当たりした。……わかってる。だからわたしは、無様よ。けれどわかっているから、今、銀砂糖師らしくあろうとしている。だから、ごめんなさいとしか言えない。わたしは今は、オーランドの言う責任を果たせないの。銀砂糖師なんて言える立場じゃない。それらしくありたいと思ってるだけなの……」

目を見開き、オーランドはしばらくアンを見つめて沈黙《ちんもく》した。

「……すまなかった。俺もあんたのことまで考える余裕《よゆう》がなかった。悪かった」

ようやく口を開くと、オーランドは作業棟の中に踏《ふ》みこんで来た。そして困ったような表情で、彼を睨《にら》みつけているアンを見おろす。

「悪いのは、わたし」

「いや、あんたは悪くない。あんたが言ったとおりだ。俺は……自分の不安をあんたに押しつけようとした」

オーランドは深いため息をつくと、壁際《かべぎわ》にあった丸椅子《いす》に腰掛《こしか》けた。左目を覆《おお》う眼帯をそっと押さえ、前屈《まえかが》みになると膝《ひざ》の前で両手を握《にぎ》り合わせた。

「エリオットがグレンさんの養子になって、ペイジ姓《せい》になった……」

ぽつりとオーランドが言う。アンは、あふれそうだった涙を拭《ぬぐ》った。

「それがなに？」

ブーツのつま先をゆっくりと上下に揺《ゆ》らしながら、オーランドの視線は地面に注がれていた。

「俺とエリオットは、似たような環境《かんきょう》で育ったのは知ってるか？」

「うん。それは前に、コリンズさんから聞いた」

「同じように育ったはずなのに、エリオットは俺とは違った。あんなにふざけているのに、子供の頃《ころ》から砂糖菓子に対する姿勢が違った。俺はあいつの姿を見て、気がついて、自分の姿勢を変え続けた。根本的にあいつは俺よりいい職人だ。銀砂糖師の称号《しょうごう》を手に入れて、グレンさんもそれを認めて工房の後継者《こうけいしゃ》に選んだ。それは当然だ。そうするべきだ。それについて異存はない。逆に工房のためにはそうしなければならない」

握りあわせたオーランドの手には力がこめられ、指先が白く変わっていく。

「エリオットは着実に道を進んでいる。それなのに俺は、何一つ変わらない。二年前から職人頭で、たぶんこれからもずっと職人頭だ」

「それじゃ……不満なの？」

「不満なんじゃない。ただ……時折、気持ちが落ち着かなくなる」

呟いた声は、自らの衝動《しょうどう》を抑《おさ》え込もうとするかのようにくぐもっていた。

「同じように育ってきた男が、銀砂糖師になり派閥《はばつ》の長《おさ》になる。俺は職人頭として作業場を守る。それも大切な仕事だ……だが。あいつを見ていると、職人としてのなにかがうずく。俺にも、もっとできることがあるんじゃないかと、うずく。この場所にいてペイジ工房を守り、エリオットを支えることよりも、自分を試《ため》してみたくなる。自分の力が、どこまで通用するのかとな。工房を守りたい気持ちはある……だが、俺の中にうずくものが、自分を試せと日に日に声を大きくする」

オーランドは軽く唇《くちびる》を噛《か》む。

「ペイジ工房を出ることは、ブリジットが言うように俺の勝手だ。俺は、ここを守るべきだと思いながら、それでも独立を決めたんだ。エリオットとは違う場所で、違う方法で、なにか俺にしかできないことを見つけたかった。工房のことも気にかかるし、グレンさんの容態も心配だ。だが俺は、自分の中にある声を無視できなかった」

技術もなにもかも自分の上をいく仲間を見続けているというのは、どんな気持ちだろうか。おそらく仲間として、誇《ほこ》らしくて頼《たの》もしくて嬉《うれ》しい。だが同時に、そうなれない自分がもどかしく、惨《みじ》めだ。そして職人としての意地が揺り動かされる。

もっと、もっと、高いところへのぼっていきたい。

その衝動が職人を突《つ》き動かす。

——職人だから。

だから、もうここまでと諦《あきら》めたくないのだ。アンにもわかる。

体の感覚をすべてなくしても、もうここまでと諦めたくなかった。だからアンも今、無様にもがいている。

「ペイジ工房が傾《かたむ》いていたころは、ここを守ることばかりに頭がいって、そんなことまで考えなかったがな。軌道《きどう》に乗り始めると、色々と考えることが多くなった」

「じゃあ……職人としての将来を考えたからっていうのは、嘘《うそ》じゃないんだ。色々、省略しすぎだけど」

「俺は、嘘は嫌《きら》いだ」

確かに、オーランドはそうだ。彼はけして嘘をつかない。嘘をつきたくないから、黙《だん》りを決めこむことが多いのだ。嘘をつきたくなければ黙るしかない。

ぺらぺらと喋《しゃべ》って、嘘も本当もごちゃまぜにして、相手や、時には自分自身の気持ちすらも煙《けむ》に巻くようなエリオットとは対照的だ。

「オーランドが決めたことは、オーランドには必要なこと。身勝手なんかじゃない。職人なんだもの」

保証すると、オーランドは口元だけでふと笑った。

「やっかいなもんだ、この気分はな」

「そうね。わたしもそう思うけど、その気分はわかる。でも、心配事は職人頭を引き継ぐキングのことだけなの？　他に気がかりはない？　誰《だれ》かに、なにか言い忘れてない？」

「なんだ、その奥歯に物が挟《はさ》まったような言い方は」

「じゃ、はっきり言うけど。オーランドがブリジットさんに作ってあげた子猫《こねこ》の砂糖菓子《がし》。あれオーランドが作ったんだって、ブリジットさんに教えてないでしょ」

「それが？」

不審《ふしん》げに問い返される。

「言わなくていいの？」

「言う必要があるのか？」

問われると、確かにそうだ。オーランドにしてみれば必要のないことかもしれない。

――オーランドにとっては、どうでもいいことなんだ。

それが残念で気持ちが沈《しず》む。

オーランドは立ちあがった。

「独立する俺には、もうブリジットは関係のない子になる。あの子は派閥の長《おさ》の娘《むすめ》だ。いずれ名のある職人と結婚《けっこん》でもするだろう」

素っ気なく言った彼の言葉に、アンは目を丸くした。

――え？

それだけ言うと、オーランドは作業棟を出て行った。その後ろ姿を見送りながら、アンは呟いていた。

「……オーランド、今……」

わずかだが、なにかがアンの心に引っかかった。オーランドの言葉が、なにかをアンに伝えていた。

――わたし今、オーランドの言葉のなにが気になったんだろう。

ノースイースウッドの教会は、ミルズフィールドからさらに北に進んだところに広がる丘陵《きゅうりょう》地帯《ちたい》にある。シャルはブリジットの操《あやつ》る馬車に乗り丘陵地帯を進んだ。

その間、ブリジットはずっと浮《う》かない顔をしていた。出かける間際《まぎわ》にアンに向かって、「シャルと楽しんでくる」と告げた後、彼女は心配そうに背後のアンの様子を窺《うかが》い、それからずっと考え込むように黙《だま》ってしまった。

「腹具合でも悪いのか？」

問うと、ブリジットはむっつりとした表情のままシャルを見やる。

「そんなわけないでしょう。あなた、アンがあんな顔をしたのになんとも思わないの？」

「あんな顔？」

「わたしがアンをからかってあなたと出かけるって言ったら、アン、泣きそうな顔になったじゃない」

言われてみれば確かにそうだが、突然《とつぜん》、アンが泣く理由などさっぱりわからなかった。

「目にゴミでも入ったように見えたが？」

それが一番、妥当《だとう》な理由だろう。

「あなたたち恋人《こいびと》同士のくせに、ちっともお互《たが》いのことわかってないのね」

「どういう意味だ」

「自分で考えて」

ブリジットはかなり怒《おこ》っているらしく、それでむっつりと口をつぐんだ。

ゆるく蛇行《だこう》した道が丘陵地帯を縫《ぬ》うように延びていたが、その右手前方の丘《おか》の上に、石造りの外壁《がいへき》だけを残した、教会の跡《あと》らしいものが見えてきた。草原の中に白い石をさらす教会の廃《はい》墟《きょ》は自然の中にとけこんでいて、陰惨《いんさん》な感じはしない。

廃墟に近づくと、ブリジットは道の脇《わき》で馬車を停《と》めた。

「あれがノースイースウッド教会の跡。道がないから、馬車はここまでよ。あとは歩いてのぼらないといけないの。わたしは、あんなところまで歩くなんてまっぴらだから待ってるわ」

まだブリジットは怒っているようだったが、それでも律儀《りちぎ》に説明はしてくれた。

「かまわん。待っていろ」

シャルは御者台《ぎょしゃだい》から飛び降りると、廃墟に向けて草原のゆるい斜面《しゃめん》をのぼりはじめた。程《ほど》なくして、石壁《いしかべ》のところにまでやって来た。

研磨《けんま》が粗《あら》いざらついた石壁は、年代の古さを物語る。ぐるりと壁の周囲を回り、出入り口らしいアーチ形の開口部分から壁の内部に入った。

屋根はなく、秋らしい薄青《うすあお》い空が見える。

内壁《ないへき》の左右には、規則正しく文字を刻んだレリーフが残っていた。それは壁の装飾《そうしょく》として作られたものらしく、並んだ文字そのものが蔦《つた》模様にさえ見える。古代ハイランディア文字の、さらに古い形だ。装飾的すぎて文字にすら見えない。拓本《たくほん》に写されていた文字だ。

風雪に削《けず》られてはいたが、文字の凹凸《おうとつ》はかろうじて残っている。

「……読める」

レリーフの一つに近づいて、シャルは文字の上に指を滑《すべ》らせる。拓本に取られたのと同様の文章がないか、一つずつレリーフを確認《かくにん》する。そして右壁の、出入り口から見て最も奥まった場所に、拓本に取られたものと同じレリーフを見つけた。

拓本と同じく、レリーフにはセドリック祖王と妖精《ようせい》王の会話が記されている。拓本ではかすれて確認できなかった最後の部分まで、なんとか読める。

祖王は妖精王に、妖精王亡《な》き後になにを望むか、最後の慈悲《じひ》として問う。すると妖精王は、自らの剣《けん》と、王国の中心が、自分の滅《ほろ》びた後も守られるようにと願う。

そこまでは拓本で確認したとおりだ。その続きが、そこにはあった。

祖王は重ねて、妖精王に問う。その二つを守るには、どうすればよいのか、と。

妖精王は、自らの剣はこの場にあるから、これをどこかにひっそりと隠《かく》して欲しいと言う。

さらに祖王は、王国の中心を守るにはどうすればよいのかと問う。

妖精王は、なにもする必要はないと答える。ただもし守りたいと思った時は、死を覚悟《かくご》して王国の中心に向かえばいいと答える。

祖王は二つながらに了解《りょうかい》し、そして妖精王に告げる。さらば、と。

すると妖精王も、さらば、と答える。

二人の伝説の王が交《か》わした短い別れの挨拶《あいさつ》には、なぜか深い悲しみが感じられた。

文字を何度も読み返し、シャルはふっと笑った。

「手がかりなしか」

最初の砂糖林檎《りんご》の木がある場所。すなわち王国の中心へ行くためには、どうすればいいのか。

確かにここには、それに触《ふ》れた記述がある。すなわち、

『死を覚悟して王国の中心へ向かえ』

と。

——死ぬ覚悟だと？　そんな精神論を探しているのではない。

わざわざ碑文《ひぶん》として書き残されたものにしては、あまりにも馬鹿馬鹿《ばかばか》しい言葉だ。腹が立ちさえする。

シャルはその場所に行くための確実な方法を知りたいのだ。失望しながら石壁から外へ出た。

遺跡《いせき》や碑文は、ここだけにあるのではない。ここ以外にも、シャルはできるだけのものを探して、調べあげる必要があるのかもしれない。

「ペイジ工房《こうぼう》を離《はな》れるか……」

ブーツの下に草を踏《ふ》みながら歩く。

アンをペイジ工房に残しておいても、特に心配はないだろう。それに、ラファルとエリルが、やっと辿《たど》り着いた最初の砂糖林檎の木のそばから早急に離れるとは思えない。

しかもラファルはアンの生存を知らないはずなのだから、襲《おそ》われることもない。

——ただ、あいつ自身は？

シャルがそばを離れることを、アンが不安がったり寂《さび》しがったりしないだろうかと思う。

だがすぐに苦笑《くしょう》して首を振《ふ》った。今の状態のアンが、砂糖菓子《がし》作り以外に気を取られることはないだろう。それがたとえ恋人のことだとしても。

下手《へた》をすると、シャルが黙ってペイジ工房を離れても、シャルがいないことに三日間くらいは気がつかないかもしれない。

「馬鹿だからな」

ため息をつく。口づけしようとしたら飛んで逃《に》げられた衝撃《しょうげき》が、尾《お》を引いていた。

——左右の手の指は、軽く開いてる。右と左の手は、二回に一回は、交差する。

アンは再びエリオットと向き合った。午後からは銀砂糖を練る作業を続けている。

エリオットが銀砂糖を練り、アンは正面に立って彼の手を見つめながら自分の手を動かす。視覚でとらえた彼の動きを、直接手に連動させる。そうしながら、自分の手の動きと彼の動きの違《ちが》いを確認するのだ。

常に手の動きを意識し、頭の中で言葉に置き換《か》える。

エリオットの手の動きは、他《ほか》の銀砂糖師に比べて格段に速い。それを追うだけでも必死だったが、何度も何度も繰《く》り返すと動きが見えてくる。

しばらくすると彼の動きに伴《ともな》って、銀砂糖がどんなふうに変化してくるのかがわかり始める。

「銀砂糖は、水分の吸収が独特ですよね。一瞬《いっしゅん》水に触れたくらいじゃ銀砂糖は水を弾《はじ》くのに、心の中でゆっくり一、二を数えるくらい触れていると、いきなりすっと水を吸い込む」

言うと、エリオットは今まさに銀砂糖を練ろうとしていた手を止めた。

「なるほどね。最初の一瞬だけは、水の回し方が肝心《かんじん》なんだねぇ」

それは、瞬《まばた》き一つの間に手がやってのける動きだ。感覚的に理解していたことも、言葉にすると改めて発見できる。

この瞬きの瞬間《しゅんかん》を、一つ一つ取り出し確かめていくのだ。気が遠くなりそうだった。職人が技術を体で覚えるしかないというのは、こういう理由があるからなのだろう。

瞬きの一瞬を、何百何千と重ね、その一つ一つに違った動きが必要なのだ。しかしそれを意識して言葉に置き換えて頭の中に納めようとするのは、不可能ではないにしても煩雑《はんざつ》すぎる。

感覚で覚えてしまうのが、一番楽なのだ。

——だけどわたしは、楽な道を選べない。

銀砂糖を練り始めるこの瞬きの一瞬をとらえるためだけに、エリオットとアンは、昼過ぎから夕方まで時間を費《つい》やしていた。

窓からは秋の冷たい風と、真っ直《す》ぐな夕日の光が射《さ》しこんでいる。

エリオットが試《ため》すように銀砂糖を練り始めると、アンも銀砂糖に触れる。彼の手を見つめながら。

最初の一瞬が終わると、エリオットの手は銀砂糖をばらすようにかきまわす。

軽く、柔《やわ》らかく。触れるか触れないかの力で扱《あつか》う。それが終わると、いきなり力を入れる。

徐々《じょじょ》に力を強くする。これが瞬き二つくらいの間にある動きだ。

「コリンズさん、もう一回、一緒《いっしょ》に最初からやってください」

声をかけると、エリオットはただ頷《うなず》く。午後から、エリオットもアンも銀砂糖を練り続けている。同じ作業を繰り返し、しかもその度《たび》に神経を集中させるのだ。

さすがにエリオットの顔にも疲《つか》れが見える。

アンも、目を閉じると瞼《まぶた》にちかちかと光が明滅《めいめつ》する。それでも、やめられなかった。

わずかな会話と、二人の呼吸だけがその場にある音だ。

銀砂糖を練る手の動きと、それを追う瞳《ひとみ》の動きだけが活発だ。

静かに向かい合い、意地を張り合っているような感覚すらある。

エリオットが銀砂糖に冷水を加え、均等に水分を回し、その後に銀砂糖の粒《つぶ》をばらすようにかき混ぜる。そしてその後に力を加える。その練りの途中《とちゅう》で、アンはまた言った。

「もう一回、お願いします」

「最初から？」

疲れた顔で、それでも目の光だけは強く、エリオットが上目遣《うわめづか》いに見てくる。いつもの彼のような余裕《よゆう》もおふざけもない。素《す》のままの職人の顔だ。

「はい」

答えると、彼はまた銀砂糖をくみあげる。アンも同様にする。

二人は向かい合い、アンはエリオットの手の動きに瞳を合わせる。目の玉が右に左に動くのがごりごりするほど、目の奥が疲れている。

しばらくすると、エリオットは銀砂糖を練る手を止めた。顔をあげ、窓の外を見る。

「きりあげる時間だ、アン」

言われて、アンも顔をあげた。気がつくと周囲は薄闇《うすやみ》になっていた。

ぷつりと集中が途切《とぎ》れ、アンは深いため息をついて近くにあった丸椅子《いす》に腰《こし》を下ろした。

立ちっぱなしの足はつま先が痛くてじんじんしているし、瞼が腫《は》れたように重い。眼球が痛むので目を閉じる。

エリオットは壁《かべ》に掛《か》けてあった上衣《うわぎ》を手に取ると、アンの頭をぽんと叩《たた》いた。

「先に母屋《おもや》へ帰ってるよ。立ち上がれるようになったらおいで。夕食の準備ができてるはずだ」

エリオットが作業棟から出て行く気配がする。

目を閉じたまま、アンは膝《ひざ》の上で両手を動かしはじめる。

銀砂糖に冷水を加えてから、瞬き三つの間の動きを、アンはドレスのスカートの上で何度も繰り返す。

こんなことを続けていて、本当に自分がなくした技術を取り戻《もど》せるのかはわからない。疲れて、先が見えなくて、不安だった。だが止《や》めたいとは思わなかった。

――作りたい。

砂糖菓子を形にして、幸福を招く力を取り戻したかった。

修業《しゅぎょう》をはじめるためにペイジ工房に来た日、アンは思ったのだ。恋心《こいごころ》を自覚できずに、それでも気持ちを震《ふる》わせているブリジットの髪《かみ》の色や瞳や、睫《まつげ》のような、美しくてきらきらしたものを作りたい。力を取り戻したら、最初に自分はそんなものを作りたいと。

それを考えると勇気が湧《わ》く。

壁に頭をつけ、何度も指で動きを繰り返していた。

「……作りたい」

意識せずにこぼれた言葉に、答える声があった。

「作れるだろう、おまえならな」

六章　今年最初の砂糖林檎

目を開けると、作業棟《とう》の入り口にシャルがいた。薄闇の中でも際立《きわだ》つ肌《はだ》の白さと、黒髪《くろかみ》の艶《つや》やかさ。背にある羽は落ち着いた半透明《はんとうめい》の青緑だ。

「お帰り、シャル」

疲れのためにぼんやりしていたが、彼の顔を見ると朝のことを鮮明《せんめい》に思い出した。すると急に彼の顔を見ているのがつらくなり、視線をそらしてしまった。

「ブリジットさんは？」

「母屋へ行った」

「そっか……楽しかった？」

視線をそらしながらも訊《き》くと、鼻の奥が急につんとした。変だなと思った時には、瞳が熱くなって視界がぼやけていた。

――どうして、こんな……。

気づかれないように首をねじって顔を背《そむ》けたが、シャルは遠慮《えんりょ》なく作業棟に踏《ふ》みこんでくると、いきなりアンの顎《あご》に手をかけて自分の方を向かせた。

「泣いているのか？」

驚《おどろ》いたように問う。

「どうした。あの垂れ目になにかされたのか？」

「違う。ただ、疲れただけ……放して」

答えて顔を背けようとするが、シャルの手はそれを許さない。

「疲れただけで涙《なみだ》は出ない。なにがあった？」

囁《ささや》かれると、いっそう涙があふれた。自分がみっともなくて愚《おろ》かしい。そしてシャル本人が、まったくなにもわかっていないところが、さらにアンの愚かしさを際立たせている気がする。

砂糖菓子《がし》を作れない今の自分が不安で、恋人《こいびと》として振《ふ》る舞《ま》えない自分がシャルに呆《あき》れられているかもしれないのが不安で、どうしようもない。アンは今、不安の塊《かたまり》になっているような気がした。自分がみっともなくて恥《は》ずかしいと思うのに、つい不安が言葉になった。

「ブリジットさんは……綺麗《きれい》だから」

ブリジットはとても綺麗で、アンですらどきどきした。

「シャルには、ブリジットさんみたいな綺麗な人の方がずっとお似合いだし……シャルがブリジットさんと出かけて楽しいのは当然で……」

「誰《だれ》が楽しいと言った？」

訝《いぶか》しげに問われ、アンは涙目でシャルを見やる。

「あいつと出かけたのは、案内をしてもらうためだ。面白《おもしろ》くも楽しくもなかった。あいつはずっとふてくされていたしな」

アンの不安な表情を不思議なものを見るようにじっと見ていたシャルは、ふいになにかに気がついたように、ちょっと目を見開く。

「そうか」

と、納得《なっとく》したように呟《つぶや》くと、ふっと笑った。

「ブリジットが言いたいことがわかった。おまえの言いたいこともな。嫉妬《しっと》か？」

ずばりと言われると、恥ずかしくてうつむいてしまった。しかしシャルはそんなアンの頬《ほお》に、愛《いと》しそうに手を触《ふ》れる。

「安心しろ。俺はおまえの恋人だ。愛しいのはおまえだけだ。信じろ」

シャルの言葉はいつも飾《かざ》り気がない。不安で嫉妬する自分が、情けなくなるほど、彼は単純な言葉でアンの気持ちをすくい取ってくれる。

──わたしは、ほんとうにみっともない。

アンはごしごし両目をこすって、自分のみっともなさを払拭《ふっしょく》しようとした。そして顔をあげると、シャルの目を見てこくりと頷《うなず》く。

「うん。わかった。信じるから」

「そんな状態で、修業は続けられるのか？」

それだけは、はっきりと答えられた。どんなに気持ちがぐらついていても、職人としてそれだけは揺《ゆ》るがない。

「ならいいが。俺は今夜から、ここを離《はな》れる」

「え？　どういうこと……」

いきなり言われて、面食《めんく》らった。

「ラファルとエリルを、あのままにしてはおけん。決着をつけるために、奴《やつ》らのいる場所へ行く方法を見つける必要がある。それを探しに行く。半月ほどで帰ってくるつもりだ」

「でも一人でなんて！　たちの悪い妖精《ようせい》商人や妖精狩人《かりゅうど》に行き逢《あ》ったりしたら」

「心配するな。対処できる」

「でも」

「おまえは、おまえのやるべき事をやっている。だから俺は、俺のやるべき事をやる。おまえのためにも、ミスリル・リッド・ポッドのためにも。エリルのためにも。ホリーリーフ城にいる妖精たちのためにも、ラファルとは決着をつける」

淡々《たんたん》と気負いなく語る言葉は、妖精王の言葉だった。彼は妖精たちの未来のために、兄弟石を滅《ほろ》ぼす決意をしている。

黒い瞳《ひとみ》は強く、気高い。

「大丈夫《だいじょうぶ》」

シャルは、ただアンの恋人として存在するだけではいられない運命を背負っている。

アンごときが、口を出せるような問題ではない。けれどアンの恋人であるはずの彼が、とても遠い気がした。

「……恋人だって……言ってくれたのに……」

思わず呟いた言葉に、シャルは微笑《びしょう》する。

「言った。それが？」

「……遠い気がする。シャルが」

すると彼はゆっくりと、アンの前に跪《ひざまず》いた。まるで主人に忠誠を誓《ちか》う騎士《きし》のように、膝の上にあるアンの片手を持ち上げると下からアンの顔を覗《のぞ》きこむ。

「おまえこそ、俺には遠い。だが、それは許さない。もっと近くに来い。恋人らしく」

「恋人らしく近くって……わたしには方法がわからない」

戸惑《とまど》いながら答えると、シャルはどこか安心したように呟く。

「なるほどな……子供っぽいだけか……」

「それは！……まあ。そうなんだけど……」

「すこしずつ、俺が教えてやる。だから応《こた》えろ。ゆっくりと応えるだけでいい。おまえの頭の中は大部分が砂糖菓子で、それ以外のことを考える余裕《よゆう》はほとんど残っていないようだからな」

シャルはアンの手の甲《こう》に口づけた。そして囁く。

「行ってくる。帰ってきたときには、すこしだけ俺に近づいて来い」

彼の吐息《といき》が触れる手がじんと痺《しび》れたようで、体の芯《しん》に震《ふる》えがくる。

――恋人なんだ。

いたわりに満ちた言葉と仕草に、彼の思いを感じた。だから「うん」と、素直《すなお》に頷くことができた。シャルは握《にぎ》っていたアンの手を引いて立ちあがらせてくれた。

「俺はなにかを摑《つか》んでくる。おまえも、俺が帰ってくるまでに、この手に少しでもなにかを摑んでいろ」

草原を風が渡《わた》る音が、薄闇《うすやみ》の向こうから聞こえる。

アンはまだ薄闇の中をうろうろと迷いながら歩いている状態だ。だがシャルが言うように、自分はなにかを摑み、取り戻《もど》さなくてはならない。シャルが妖精たちや自分の未来のために戦う決意をしたのならば、アンもまた、立ち止まってはいられない。

「わかった。必ず……約束する」

強く頷くと、シャルは満足したようにアンの頭のてっぺんに口づけた。

「信じている。おまえの言葉を」

シャルがペイジ工房《こうぼう》を出たのは、その夜だった。

その夜。ブリジットは自分の部屋にいた。机について、そこに並べられた翡翠《ひすい》色の小鳥と、可愛《かわい》い子猫《こねこ》の砂糖菓子《がし》を、蠟燭《ろうそく》の明かりを引き寄せて眺《なが》めていた。

翡翠色の小鳥は、アンが作ってくれたものだ。その小鳥は小さくて艶々《つやつや》した羽の色が美しい。小さな嘴《くちばし》と細い足が、もろく折れそうだ。この小鳥が、ひとりぼっちで寂《さみ》しくて震えているのがわかる。もしアンがこの小鳥をブリジットに見立てて作ったのだとしたら、アンは意識的にしろ無意識にしろ、ブリジットの心のうちを感じ取ったのだろうと思う。

あの時のブリジットは、哀《かな》しくて寂しくて、いじけていた。そして誰かが手をさしのべてくれるのをじっと待って、震えていた。誰も手をさしのべてはくれないかもしれない不安に、追い詰《つ》められていた。

その隣《となり》には、まるで日だまりを楽しむように寝《ね》そべり、とろりと眠《ねむ》そうな目をしている小さな猫の砂糖菓子がある。なめらかな筋肉の流れと、よく練られた光る瞳。可愛らしいのに、背の筋肉の流れだけがいやに優雅《ゆうが》に生々しい。

――オーランドは好きよね。こういうの。

ブリジットは猫の背の筋肉の流れを、そっと指で撫《な》でる。

彼がなぜこの猫を作ったのか、今になってみればわかる。

幼い頃《ころ》、ブリジットは猫を飼いたくて仕方なかった。けれど銀砂糖に猫の毛が混じってはいけないと、グレンは許さなかった。それでもブリジットはこっそり子猫を拾った。家には入れられなかったので、家の近くの湖に連れて行き、そこに木の箱で作った家を置き、毎日餌《えさ》をやって可愛がった。その時は遊び仲間だったオーランドも、一緒《いっしょ》に猫を世話してくれた。

けれどある時、その子猫が姿を消した。

荒野《こうや》のカラスにやられたのかもしれないと、ブリジットは泣き続けた。

オーランドは、きっと元気になったからお母さんのところへ帰ったんだと慰《なぐさ》めてくれたが、寂しくてどうしようもなかった。

数日しょんぼりとしていたら、オーランドが古参職人のジム爺《じい》さんからもらった銀砂糖で、不器量な子猫を作ってくれた。これを代わりにしたらいいと、渡してくれた。

けれどブリジットは形の悪い子猫にそっぽを向き、「わたしの子猫はもっと可愛い」と、怒《おこ》ったのだ。

オーランドはそれを覚えていたのだろうか。昔突《つ》っぱねられた子猫を作り直して、今度こそブリジットを喜ばせようとしてくれたのかもしれない。

今になって思えば、なんであの時彼の気持ちをくんで、感謝して礼を言えなかったのだろうと後悔《こうかい》する。あの時のブリジットは幼くて、我が儘《まま》いっぱいで、オーランドの気持ちなど考えたこともなかった。

「わたしは、嫌《いや》な奴ね。今なら、それがよくわかってるのに」

どんなものでも、今ならばそれをくれた人へ心から礼が言える。こんな愛らしい子猫を捧《ささ》げてくれた人に対してならば、自分の心すべてを差し出すようにして、ありがとうと言いたい。けれどブリジットはその機会を逸《いっ》してしまった。そしてこれからどうすれば、その礼が言えるかもわからない。

ちらりと、カーテンの隙間《すきま》から闇《やみ》に光るものが見えた。外で明かりが揺れている。

「こんな夜に……」

肩《かた》にかけたストールを胸の前でかき合わせながら、ブリジットはカーテンを開いた。あたりは暗かったが、作業棟《とう》の方へ向かって、ランタンの明かりが一つ移動しているのが見えた。さらに目をこらすと、そのランタンを手にしている人物がドレスを身につけているとわかる。

「アン？」

すると彼女のランタンを追うように、もう一つのランタンが母屋《おもや》の方からやってくる。わずかな明かりに光る赤毛は、エリオットだ。

「なにしてるの、二人は」

思わずブリジットは掃《は》き出し窓《まど》を開けテラスに出た。テラスを移動して、作業棟に近い方へ回りこみ声をかけようとした。

「ブリジット」

声をかけようとした途端《とたん》に、背後から静かな声に呼び止められた。ふり返ると、グレンの部屋の掃き出し窓がわずかに開いている。

「お父様？」

ブリジットは慌《あわ》てて掃き出し窓に駆《か》け寄った。ベッド脇《わき》のカーテンを開き、グレンはヘッドボードに背をもたせかけて座っていた。

「お父様、窓を開けていたら夜風が体に障《さわ》るわ」

部屋の中に入り、ブリジットは急いで窓を閉めた。

「平気だ。このくらいはな」

グレンは微笑んでいた。ひどく痩《や》せて小さくなった父親を見ると、ブリジットの胸は苦しくなる。父親は常に強く、尊敬できる、立派な派閥《はばつ》の長《おさ》だった。子供の頃、父親の言うことは絶対で、彼の言葉はすべて正しいのだと信じていた。その頃の強さが、今のグレンにはない。

けれどグレンはなぜかとても嬉《うれ》しそうで、柔《やわ》らかな目でブリジットを見あげる。

「あの二人には声をかけないでおきなさい。アンは懸命《けんめい》に、砂糖菓子を作る技術を取り戻そうとしている。そしてエリオットは……より良い職人になろうとしている」

「夜にまで作業をするの？」

「のんびり寝ていられないほど、わくわくするものなんだよ。より良いものを目指すというのは……。ブリジット」

グレンは表情を改めて、真剣《しんけん》にブリジットを見つめる。

「ペイジ工房派は、良い長を得ることになるかもしれない。そうすればさらにペイジ工房派は繁栄《はんえい》できる。だから安心しなさい。おまえは工房のことなど気にせずに、やりたいことをやりなさい。オーランドも、そう思ったから独立を決めたんだ」

オーランドの名が出て、ブリジットはむっとした。

「なんでオーランドは独立なんか決めたの？　工房のことや、お父様のことは気にならないのかしら？　放《ほう》っていくことになるのに」

思わず、なじる口調になる。

「彼は工房のこともわたしのことも、とても気にかけているよ。それでも独立を決めたんだ」

「気になってるのにどうしてそんなことできるの!?」

「職人だからだよ。それは、職人の性《さが》だ」

職人の性と言われ、ブリジットははっとする。そして悄然《しょうぜん》と項垂《うなだ》れた。

「そうね……。職人だから……」

派閥の長の娘《むすめ》として育ってきたブリジットにとっては、それはもう、どうしようもないことだとよくわかっていた。ひっそりとため息をついた。

──わたしがどんなにだだをこねても、曲げられないものなのね。

そう考えると、ふと、おかしくなる。自分は、自分がだだをこねていたことがわかっていたらしい。だだをこねていたのは、ただ、オーランドが出て行くのが寂しかったからだろう。

「もう、カーテンを閉めるわ。お父様も寝た方がいいし」

カーテンに手をかけると、作業棟の中へ消えていくアンのランタンが見えた。

――あの子は、職人なのね。

その懸命さが気の毒であり、同時に羨《うらや》ましくもある。

――わたしも職人だったら、オーランドにお礼くらい言えたのかしら？　砂糖菓子のお礼に、わたしの作った砂糖菓子を差し出して。オーランドがくれたものと同じくらいの素敵《すてき》なものを、返せたのかもしれない。お礼を……せめて、お礼を言いたい。

窓の外に広がる闇を見つめ、ブリジットはカーテンを握《にぎ》りしめた。


「冷水を加えて、混ぜる。均等に。さらに混ぜる。銀砂糖の粒《つぶ》を意識して、ばらけさせる。そしてまとめて、軽く手首近くで押しこむ。最初は軽く、一、二、三と、徐々《じょじょ》に力を強くする。だが全力じゃない。婆《ばあ》さんの肩を揉《も》む程度だな」

早口で言いながらエリオットは、からっぽの作業台の上で手を動かす。アンはその正面で、エリオットの言葉と手つきを見つめながら、同じ速さで銀砂糖を練っていた。

アンの掌《てのひら》の下で、さらさらとした手触《てざわ》りの銀砂糖が、水分を含《ふく》み、なめらかに変化してくる。

心の中で、瞬《まばた》きの数を数える。

手の動きを変えると、なめらかさに、するりとした艶《つや》感が加わってくる。さらに練ると、艶感となめらかさは一体になり、掌に吸いつくような質感になる。

アンの手で、銀砂糖はなめらかに、艶やかに、練りあげられていた。

ここまで確認《かくにん》するのに、まるまる七日間もかかった。

早朝。作業棟の軒先《のきさき》では小鳥がうるさくさえずり、窓から吹《ふ》きこむ風も、夜露《よつゆ》の冷たさを含んでいた。

今日から、砂糖林檎《りんご》の収穫《しゅうかく》が開始される予定になっていた。もちろんアンもエリオットも、この作業には参加する必要がある。砂糖林檎の収穫は工房《こうぼう》の一大行事なのだ。

砂糖林檎の林へ出発するのは、日が高くなってからの予定だった。そこでアンとエリオットはそれまでのわずかな時間に、作業棟へ来たのだ。

工房にいても、エリオットは多忙《たぼう》だ。職人たちの統率《とうそつ》と、砂糖林檎の収穫準備のための段取り。経理関係のあれこれ。

だからアンは、彼が少しでも暇《ひま》になる隙《すき》を見逃《みのが》さないようにしていた。

エリオット自身も、少しの暇ができればアンに声をかけてくれた。

そして毎日、毎夜、作業を繰《く》り返した。その結果、爽《さわ》やかな朝の光の中で、アンの手の中にある銀砂糖はやっと一つのまとまりになっていた。

顔をあげると、ちょうど顔をあげたエリオットと視線がぶつかった。

「できたね」

エリオットが、にっと笑う。

「はい。たぶん」

「練りで七日か。先は遠いけどね」

作業台から手を離《はな》し、エリオットはこった肩を回すような仕草をした。

「でも。進め方がだいぶ飲み込めてきました」

この七日で、アンはエリオットの手の動きを追うことに慣れはじめていた。慣れてくれば、見落としが少なくなる。結果、繰り返しの回数が少なくても、彼の動きを意識化できるようになっていた。

「そうだな。練りが終われば、あと必要な基本技術は、薄《うす》くのばすこと、切り出すこと、紡《つむ》ぐこと、の三つだからな」

その時だった。

「収穫だ！」

突然《とつぜん》、母屋《おもや》と作業棟《とう》の間でオーランドの大声があがった。するとその声に和するように、職人たちの声がわき起こった。

「収穫だ！」

「一番乗りだ！　マーキュリーに後《おく》れを取るな！」

「ラドクリフを出し抜《ぬ》け！」

「収穫だ！」

怒鳴《どな》り合うような声は陽気で明るかった。

「おっと、はじまるね」

エリオットが、壁《かべ》に掛《か》けていた上衣《うわぎ》を引っつかむ。

「おいで、アン！　おいていかれちゃうよ」

「なんですか？」

「聞こえただろう？　収穫だよ」

エリオットが駆け出したので、アンも慌てて彼の後を追った。

母屋と作業棟の間にある草原には、大型の荷馬車が二台引き出され、その周囲には二人乗り用の小型馬車や、中型馬車も数台ある。そして大型馬車の荷台にはオーランドが立ち、右腕《みぎうで》を突《つ》き上げて大声で怒鳴っていた。

「収穫だ！　職人頭《がしら》が命じる！　馬車に乗れ、砂糖林檎を狩《か》りに行く！」

大型の荷馬車の周囲に集まっていた職人たちは、おそらく工房の全職人と見習いたちだ。五十人以上もいる。

彼らはオーランドの声にときの声で応じると、一斉《いっせい》に中型馬車の荷台に飛び乗りはじめた。

その勢いと陽気さに面食《めんく》らう。

「なに、これ」

先を走っていたエリオットが思わずのように声をあげて笑った。

「今年最初の収穫だ！　ペイジ工房にとっちゃ、お祭りだ！」

そして自分も席が空いていた二人乗りの馬車に飛び乗って、アンに怒鳴った。

「適当に乗ってよ！　アン」

「適当にって……」

職人と見習いたちの陽気な叫《さけ》び声と勢いに圧倒《あっとう》され、まごついてやたらと周囲を見回した。

すると、後ろから声がかかった。

「ここに乗ったら？　アン」

ふり返ると、二人乗り用の馬車に座って手綱《たづな》を握ったブリジットが、いかにも仕方ないというような表情で手招きしていた。ブリジットの隣《となり》には、ミスリルもちょこんと座っている。

「あ、はい！」

急いでブリジットの馬車に乗ると、職人と見習いたちはあらかた中型馬車の荷台に乗り込み終わっていた。大型馬車を操《あやつ》るオーランドとキングが馬に鞭《むち》を入れると、それを追うように、職人たちを乗せた中型馬車も走り出す。そのあとを、二人乗り用の小型馬車がついていく。

荷台に揺《ゆ》られはじめると、職人たちは歌とも怒鳴り声ともつかない大声で合唱をはじめた。

収穫だ、一番乗りだ。マーキュリーに後れを取るな。ラドクリフを出し抜け。収穫だ。一番乗りだと、繰り返す。

「馬鹿騒《ばかさわ》ぎだな、あいつら」

ミスリルが呆《あき》れたように言うが、アンはただただ、その騒がしさと陽気さに驚《おどろ》いていた。すると隣にいるブリジットがくすっと笑った。

「砂糖林檎の林に着いたら、こんなものじゃないわよ。これは工房の一大行事、お祭りみたいなものよ。精製が終わるまで続くからね」

「えっ⁉　これ以上なにがあるんですか⁉」

「あんな馬鹿騒ぎに巻きこまれたら、繊細《せんさい》な俺様は気絶しそうだな」

嫌《いや》そうに呟《つぶや》くミスリルと、わずかにおののくアンを見やって、ブリジットはふふんと笑った。

「ま、楽しみにしてなさい。とにかく今日は、砂糖林檎の林に入って砂糖林檎を収穫して、大型馬車の荷台に積み込むの」

「毎年、初の収穫の時にはこんなにするんですか？」

薄青《うすあお》い秋空に、陽気な声が響《ひび》き、すこし冷たい風もどことなくかぐわしい。職人たちの興奮と喜びが空を支配する。

工房の砂糖林檎《りんご》初収穫というのは、こんなにもうきうきするものなのだろうか。アンは初めて参加する。

「そうよ。わたしはしばらく参加しなかったけれど、今年は久しぶりに、参加よ。初収穫は基本、ペイジ工房に住んでいる全員が参加するものだから」

言われてみれば、職人たちの隙間《すきま》に挟《はさ》まってもみくちゃにされる、ダナとハルの姿もある。

「知らなかったな」

この陽気さには、わくわくする。

馬車は、ペイジ工房から一番近場の砂糖林檎の林に向かっているようだった。北東の道を、緩《ゆる》やかな上り下りを幾度《いくど》か経る。すると前方の丘《おか》の裾野《すその》に銀灰《ぎんかい》色の林が見えた。遠目でも、赤い実がすずなりになっているのがわかる。

「収穫だ!」

先頭を行く大型馬車を操っていたキングが、背後を振《ふ》り向き、右腕を突き上げた。

「行け!」

ゆっくりと進む中型の馬車の荷台から、職人が我先にと飛び出し、砂糖林檎の林に向かって行く。見習いたちは飛び降りるのにまごついて、少し遅《おく》れてついていく。

職人たちは大型馬車に積み込んであった籠《かご》を一人一人、荷台から取って行き、それを抱《かか》えて林へ入る。大型馬車が砂糖林檎の林に到着《とうちゃく》するころには、籠はほとんどなくなっていた。

ブリジットが操る二人乗り馬車は大型馬車に少し遅れ、到着した。ブリジットとともに、アンは大型馬車の荷台から籠を取り、それを持って砂糖林檎の林に踏《ふ》みこんだ。

銀灰色の幹や枝が、日の光を反射して輝《かがや》き、砂糖林檎の赤も、蠟《ろう》を塗《ぬ》ったように艶《つや》やかだ。甘い香《かお》りが林の中に漂《ただよ》っている。

「これは、なかなか立派な砂糖林檎の林だな！」

アンの肩《かた》に乗っていたミスリルは地面に飛び降り、ふむふむと腕組《うでぐ》みする。そして地面にしゃがみこみ、地面の香りを嗅《か》ぐ。

「なにしてるの？　ミスリル・リッド・ポッド」

「砂糖林檎の木っていうのが、どんな土の場所に生えているのか、湿《しめ》り具合とか確認《かくにん》してるんだ。ふふふ……アンにはまだ言ってないがな。俺様計画のためだ。ふふふふふ……」

含《ふく》み笑うミスリルが不気味だったが、

「まあ、踏みつけられないように気をつけてね」

注意だけ促《うなが》して、アンは砂糖林檎の木に近寄った。

騒がしい職人たちがいる中で、アンは砂糖林檎の赤い実に指を触《ふ》れ、ほっとため息をつく。この赤い実がなんとも尊く感じる。これがアンの幸福も不幸も運んでくる、アンの人生とともにあるものだ。

と、ふいに。結《ゆ》っていた髪《かみ》がぱらりと解《ほど》けて、吹《ふ》きつけてきた風に躍《おど》った。

「えっ!? リボン!?」

なぜリボンが解けてしまったのか驚いて、髪を押さえながらふり返る。するとそこには砂糖林檎をいっぱいにした籠を小脇《こわき》に抱えたナディールが、いたずらっ子そのものの顔で立っていた。彼はアンのリボンを片手に持っていて、高い位置でひらひら振る。

「もらった!」

「え……え?」

彼はさっと走り出す。そして今度は、ばったり行き逢《あ》った見習いの少年の頭から、ひょいと帽子《ぼうし》をとりあげた。

「もらった!」

見習いは慌《あわ》てて帽子を取り返そうとするが、ナディールは身軽くひらりとかわして、大型馬車へ向かって行く。よく見れば、あちこちで職人たちが顔を合わせる度《たび》に、互《たが》いのスカーフを首から抜き取ったり、腰《こし》に下げているハンカチを取ったりしている。

砂糖林檎を籠に入れいっぱいにするために、ミツバチのように木々の間を飛び回りながら、職人たちは余興のように様々なものを奪《うば》っていく。

「あら、やられたわね」

ブリジットが籠を抱えて、くすっと笑いながら近寄ってきた。

アンは思わず警戒《けいかい》して、身構えた。

「なにか取ります!?」

「わたしはあんな子供っぽいこと、参加しないわよ」

ブリジットはすました顔でアンの隣に並び、砂糖林檎をもぎはじめる。ほっとして、アンも赤い実に手を伸《の》ばす。

「これ、なんの遊びですか？」

「昔は、各派閥《はばつ》が、収穫《しゅうかく》時期になると砂糖林檎の取り合いで小競《こぜ》り合いをしたんですって。銀砂糖子爵《ししゃく》の位を王国が定めて子爵に統率《とうそつ》されるようになってからは、そんなことないらしいけど。けど最初の収穫の時にはなにかを『取り合う』っていう、変な風習が残ったみたい」

その時、見習いたちの一団がわっと声をあげてこちらに向かって逃《に》げてきた。彼らを追っているのは、キングとヴァレンタイン、オーランドをはじめとした古参の職人たちだ。彼らは籠いっぱいの砂糖林檎を抱え、声をあげていた。

「ほら、俺らの前にいたら、身ぐるみはがすぞ！」

心底楽しそうなキングが、声を張りあげている。

見習い一団が、わっとアンとブリジットを巻きこむようにして通り過ぎる。その勢いに、アンとブリジットは、思わず二人で肩を寄せ合って縮こまった。馬の群れが通り過ぎる時のようだ。耳の横すれすれに人が駆《か》け抜《ぬ》ける。巻き起こる風が、髪を散らす。

「あっ！」

ふいにブリジットは声をあげて、自分の髪を押さえた。

見習いと職人たちが大型馬車の方へ駆け抜けると、ブリジットはそちらを睨《にら》んでむっと唇《くちびる》を尖《とが》らせた。

「もう！　誰《だれ》かにリボンを取られたわ！」

金の髪をゆるく押さえていたリボンが、ブリジットの頭から消えていた。あのどさくさの勢いの中で、誰かが抜き取っていったのだ。

「いやになる！」

憤慨《ふんがい》しながらも、ブリジットはどことなく嫌そうではなかった。アンが吹き出すと、ブリジットはますますむっとした顔になる。

「笑ってる場合!?　戦利品だから、取った人は返してくれないのよ。もう、お気に入りのリボンだったのに」

二人して再び赤い実を収穫し、籠いっぱいに詰《つ》め込んだ。それを大型馬車のところへ運ぶと、オーランドが大型馬車の荷台のそばにいた。足元に空の籠を置き、眼帯の位置を直している。いつも一つにまとめている彼の髪がほどけて、肩にかかっていた。革《かわ》の眼帯姿で、髪を結いもせず流していると山賊《さんぞく》のような雰囲気《ふんいき》だ。

「取られたんですね」

籠の中の砂糖林檎を荷台に移しながら訊《き》くとオーランドはぶすっとして頷《うなず》く。

「ナディールの馬鹿《ばか》は、眼帯まで取ろうとした。阻止《そし》したがな」

眼帯の位置を直し終わるとオーランドは、重い籠に苦戦しているブリジットの横から籠を取りあげた。

ブリジットがなにか言う前に、オーランドは中身を荷台に移し、空の籠を無言でブリジットに渡《わた》す。

「ありがとう」

ブリジットは礼だけ言うと、すたすたとまた砂糖林檎の林の中に入っていく。

ブリジットがさっさと行ってしまったので、アンは急いで彼女の後を追った。

オーランドも一緒《いっしょ》に来るだろうかと、ちらりとふり返ったが、彼はアンたちとは別の方向にある砂糖林檎の木に向かっている。その時、彼の上衣《うわぎ》のポケットから白いものがはみ出しているのが見えた。それはレースのリボンだ。見覚えがあるそれは、さっきまでブリジットの髪に飾《かざ》られていたものだ。その瞬間《しゅんかん》、気がついた。

「あっ！」

アンは思わず声を出し、立ち止まった。

――わかった。あの時、わたしが気がついたこと。

アンがオーランドに、ブリジットへの砂糖菓子《がし》を作ったのは自分だと知らせないのかと訊いたとき、彼は必要ないと言った。そして、

『あの子は派閥の長《おさ》の娘《むすめ》だ。いずれ名のある職人と結婚《けっこん》でもするだろう』

と、付け加えたのだ。

アンはただ、自分が砂糖菓子を作ったと、知らせないのかと質問しただけなのに、彼は『いずれ名のある職人と結婚でもするだろう』と答えたのだ。質問してもいないことに思わず『結婚』の言葉が出るのは、オーランドがブリジットの結婚やその人生を気にしているからだ。

オーランドもまた、ブリジットに対してあやふやな気持ちを抱えている。

オーランドとブリジットの、互いに向けるあやふやな気持ちが、ほろりほろりと、言葉の端《はし》から、目線から、仕草から、こぼれ落ちてくる。

それに気がついたのは、アンだけだ。アンは今不安でいっぱいで、怯《おび》えているからこそ、こぼれ落ちてくるそんな小さなものにも気づくことができた。

オーランドもブリジットも互いにはわかっていない、かけら。

そのかけらを両手に集めてしまったアンは、どうすればいいのだろうか。

あんなに綺麗《きれい》な瞳《ひとみ》をしたブリジットも、嘘《うそ》をつけないオーランドも、アンは大好きだ。そんな彼らがほろほろと落としてしまったものを拾った。拾ったなら、どうにかしたい。

こぼれ落ちた形にならない気持ちは、どうやったらはっきりとした形になるのだろうか。

形にならないものを言葉にすると、それはとても嘘っぽい。言葉にできるくらいなら、二人ともとっくに言葉にしていたはずだ。ならば、形にするにはどうしたらいいのか。

「砂糖菓子……」

アンはペイジ工房《こうぼう》に来たその日に、テラスに佇《たたず》むブリジットの心を砂糖菓子にしたいと思った。力を取り戻《もど》して最初に作るものは、ブリジットの髪や瞳や睫《まつげ》の震えのような、きらきらしていてもろくて、どきどきするような美しいものを作りたいと。

「砂糖菓子で、いいんだ。砂糖菓子で作れる」

これが恋《こい》なのだと伝えられるような、甘い幸福を招く砂糖菓子。そうやって形にすればいいのだ。ブリジットの心を形にして、それを差し出す相手は砂糖菓子職人だ。

砂糖菓子職人ならば、かき集められ作られたものの形が的確であれば、そこにある思いを感じ取れる。そして砂糖菓子の中に、自分の心も見つけてくれるはずだ。

「作らなきゃ……」

別々の方向へ歩いて行く二人の姿を見ながら、ふいに思いがわきたつ。

オーランドは職人の魂《たましい》に突《つ》き動かされ、自分の可能性を求めて出て行く。その姿は、今のもがき苦しんでいるアンと重なる。

ここで終わりにしたくないという、職人としての矜持《きょうじ》と意地と欲求《よっきゅう》だ。

自分が苦しい分だけ、彼の背を強く押したかった。自分を励《はげ》ますように、「行け」と激励《げきれい》したかった。

そのはなむけに、アンがかき集めたかけらを形にする。

今収穫されている砂糖林檎《りんご》の精製が終わるのは、天候がよければ四日前後。悪くても、七日前後。それまでにアンは、彼らの心を形にしたような砂糖菓子が作れるのだろうか。

つやつやの赤い実が、陽気な声と秋の光の中に輝《かがや》いている。

「作らなきゃ、いけない」

アンだけが知っている二人の思い。それが形になるならば、震《ふる》えるほど嬉《うれ》しい。

自分が砂糖菓子を作る力を取り戻したいのは、誰かのために幸福を招きたいからだ。アンだけがそっと拾い上げたかけらたちを形にして、小さな幸福を招くことができれば、それはアンが力を取り戻すための勇気になる。

ブリジットとオーランドがくれたかけらが、アンを励ます。

──作りたい。

心がお日様を探すように、前を向く。

──作るんだ。わたしは、作る。作らなくちゃいけない。

「そろそろ、帰るぞ！」

砂糖林檎の林の中で、エリオットの声が聞こえた。その声に呼応して、おおっと明るい声が答える。

「運べ！　精製だ！　今年最初の砂糖林檎だ！」

職人たちが歌うように声を揃《そろ》えた。

「運べ、今年最初の砂糖林檎だ!」

収穫《しゅうかく》の喜びに沸《わ》く工房の祭りは、精製が終わるまで続くのだ。


シャルは一人、深い森の中にいた。岩場の陰《かげ》に身を寄せ、岩肌《いわはだ》に背をつけて座っていた。

細かい雨が降っていた。

ペイジ工房を出て、十日以上経《た》つ。天候にはあまり恵《めぐ》まれなかった。曇天《どんてん》が多く、雨もぱらつくことが多かった。シャルのいる場所から、雲は大陸風に乗って、ペイジ工房のあるミルズフィールド周辺に移動していくはずだ。アンの見あげている空も、雨や曇《くも》りばかりだっただろう。

まだ子供っぽいアンに、シャルはどう接すればいいのか戸惑《とまど》う。ゆっくりと、すこしずつ、恋人《こいびと》らしさを教えていければいいとは思うが、それも無理強《むりじ》いしているような気がして罪悪感を感じる。

——まったく、恋人になったらなったで、やっかいだ。

しかしそれが面白《おもしろ》くて、楽しいと感じる。

——あいつを守る。

それがキースの心にも報《むく》いる唯一《ゆいいつ》の方法だ。

そのためには、ラファルと対決しなくてはならない。彼女の命がまだあると知れば、ラファルは再び襲《おそ》ってくるはずだ。

この十日以上の間、古い石碑《せきひ》が残る遺跡《いせき》や城跡《しろあと》を廻《めぐ》った。

ミルズフィールド周辺はもちろん、ルイストン、ウェストル、果てはブラディ街道《かいどう》の外れにある廃城《はいじょう》にまで赴《おもむ》いた。そこにはたくさんの伝説が記されており、祖王と妖精《ようせい》王の伝説は、かなりの確率で様々な場所に刻まれていた。

時折、王国の中心という記述もあった。

そして王国の中心という言葉が使われる碑文《ひぶん》には、必ずその場所へ行く方法も書かれていた。

そしてそれは常に同じ文句で書かれていた。

すなわち、『死を覚悟《かくご》して王国の中心へ向かえ』と。

「どういうことだ」

シャルは睫《まつげ》にふりかかる滴《しずく》を払《はら》いのけながら、考え続けていた。

最初その言葉を発見したとき、愚《おろ》かな精神論だと思った。碑文を書いた者が、そうやって精神論を持ち出しただけなのだろうと推測した。

だがシャルが発見した碑文には、すべて同じ言葉が書かれている。

すべてが、精神論なのかもしれない。だがどの碑文にも、一字一句違《たが》わず、同じ言葉が刻まれているのだ。ただの精神論であれば、記述に多様さがあってしかるべきだ。その証拠《しょうこ》に、他《ほか》の箇所《かしょ》にある装飾《そうしょく》的な言い回しには、それぞれに違った記述が見られた。

だが『死を覚悟して王国の中心へ向かえ』という記述だけは、まるで意図したかのように全く同じ言葉で刻まれている。

歴史や伝説を伝えようとした人々が、あえてそうした理由は一つ。

「……それこそが、答えか」

しばらくすると、東の空が明るくなりはじめる。雨も上がったらしい。鬱陶《うっとう》しくシャルの睫にまつわりついていた滴が、やっと消えてなくなった。

これ以上石碑を探して歩いても、得られる答えは同じだろう。シャルは答えを手に入れた。

だが、それを読み解けないでいるだけなのだ。

朝日が頬《ほお》に射《さ》してくると、立ちあがった。

――帰ろう。

甘い香《かお》りがする柔《やわ》らかな髪《かみ》と、ふわふわとした感触《かんしょく》の肌《はだ》を思い出す。恋人に会いたかった。恋に不慣れな彼女を脅《おど》かさないように、優《やさ》しくゆっくりと彼女に触《ふ》れ、抱《だ》きしめたかった。

砂糖林檎の林から戻ったペイジ工房の連中は総出で、銀砂糖を一握《ひとにぎ》り加えた冷水に砂糖林檎を浸《ひた》す。一昼夜、砂糖林檎を冷水に浸し、砂糖林檎から苦みを抜《ぬ》くのだ。

収穫したすべての砂糖林檎を冷水に浸し終わると、周囲はすでに薄闇《うすやみ》になっていた。

作業棟《とう》と母屋《おもや》の間に長椅子《ながいす》と長テーブルが持ち出され、そこにダナとハルが用意したごちそうが、大きな鉢《はち》に山盛りに並べられた。

ジャガイモのサラダ。カボチャのサラダ。香草《こうそう》のサラダ。薫《かお》り高い鶏肉《とりにく》の燻製《くんせい》、血の滴《したた》るような牛肉のグリル。野菜のスープ。山羊《やぎ》のミルクのおかゆに、パン。干しぶどうのクッキーに、乾燥《かんそう》果物を混ぜたケーキ。

工房にいる職人と見習いたちが食卓《しょくたく》につき、あるいは立ったまま、ごちそうをほおばった。もちろんワインもある。

疲《つか》れと浮《う》かれ気分のおかげで、みんな大声をあげてよく喋《しゃべ》った。ヴァイオリンが達者な職人が音楽を奏《かな》でると、陽気にステップを踏《ふ》む者や、適当な歌詞で歌い始める者と、場は盛りあがっていた。ミスリルは大はしゃぎで、ダナとハルを相手にくるくる踊《おど》っていた。

そんな喧噪《けんそう》を遠くに聞きながら、アンは作業棟にいた。

練りの作業を繰《く》り返していた。銀砂糖はアンの手でまとまり、なめらかになり、艶《つや》を増す。しかもその速度は、今までのアンにはない速さだった。

「……コリンズさんの技《わざ》を覚えたからだ」

エリオットは他の職人たちに比べて、手の動きが速い。アンはそれを盗《ぬす》んだのだから、当然なのかもしれない。しかしわずかな違いで、これほど以前の自分との間に技術の差が出ることに驚《おどろ》いた。

意識して動かすと指の動きは迷いがなくなる。まだ指が自分の思い通りになっていないと感じることはある。だが立ち止まったり、戸惑ったりしなくてすむ。

何度も同じように繰り返すことができる。

ぶれがない。

——シャルとの約束どおり、ちっちゃな一つだけど摑むことができた。

喜びと一緒《いっしょ》に、彼が今、どこにいるのかが気になる。シャルは強いのだから、特に心配はないだろうとも思う。けれど万が一のこともある。そうでなくとも、こんな夜にひとりぼっちで、寂《さみ》しさを感じているかもしれない。

シャルはラファルと戦う決意をしている。いずれラファルと対峙《たいじ》するシャルに、何事もなければいいと願わずにはいられない。

「なぁにぃ。お祭りの夜も修業《しゅぎょう》なの？　アン」

出入り口の方を見やると、エリオットがクッキーを山盛りにした皿を手にして、扉《とびら》の枠《わく》に腕《うで》をかけて立っていた。

「すみません。でもようやく練りができるようになったから、もう一度確認《かくにん》しておきたくて」

「またまた。そんなうずうずした顔で、確認だけじゃないでしょ。早く砂糖菓子《がし》を作りたい、形にしたくて仕方ないって顔だよね」

エリオットはクッキーの皿をアンに押しつけて、上衣《うわぎ》を脱《ぬ》いで腕まくりする。

「さ、やるよ」

腕まくりを終えたエリオットが、にこりと笑ってアンの手からクッキーの皿を引き取り、一つだけクッキーを口に放《ほう》りこむ。そして皿を椅子《いす》の上に置く。

「次は、どういう手順を確認するの？」

「でもお祭りは？　コリンズさん」

「俺がいなくたって盛りあがれるよ。けれどアンは、俺抜きじゃ続きがはじめられない。それに俺も、うずうずする。今朝の感覚がね、同じ事をしているはずなのに、指先の薄皮《うすかわ》だって自分で制御《せいぎょ》できるような気がした」

自分の指を見つめ、エリオットは口元で笑う。

「このやり方で作品を作れば、今までとはまた別のものが作れる」

そこでエリオットはアンを見やった。

「君はなにを作りたいの？　アン」

「気持ちを……形にしたいんです」

「でも銀砂糖を練れるようになっただけじゃ、形にはならないよ。まず基本技術の、延《の》ばす、切る、紡《つむ》ぐ、色をつけるができないといけない。形を作れるのは、それからだ。しかも形を作るには、基本技術よりもさらに技巧《ぎこう》が必要だ」

練りができたことで、技術を見極《みきわ》め、頭で覚え、指で再現する作業には慣れてきた。最初よりは技術の習得も早くできるはずだ。

──基本技術ならば、必死でやれば三日。ううん。無理。五日。五日くらいあれば摑めるかもしれない。けれどそれから、形にするための技巧を摑む時間はない。

オーランドは、銀砂糖の精製が終われば旅立つ。五日でもぎりぎりだろう。晴天が続けば、砂糖林檎《りんご》は四日後には銀砂糖に精製し終わる。

それまでになにかの形にしなくてはならないのだ。だがどうがんばっても、基本の技術しか習得する時間はない。

──基本の技術だけで、形にはできない。

普通《ふつう》に考えたら無理だ。けれどアンは作りたかった。

アンが拾い集めた二人の気持ちを、愛《いと》おしむように両 掌《てのひら》に載《の》せたい。

──掌に。

そこではっとして、アンは顔をあげた。

──できる！

閃《ひらめ》いたのは、とても単純なものだった。

「形にします」

「そうだね。基本の技術ができたら、それから成形の技術を」

「いいえ。基本の技術だけで、わたしの欲しいものを形にします。だから基本の技術をなるたけ早く摑みたいんです」

「基本だけで形に？」

面食《めんく》らったように目をしばたたいたエリオットだが、次には、面白《おもしろ》そうな顔になる。

「へぇ、そお。じゃ、お手並み拝見といこうじゃない？」

そして彼は樽《たる》から銀砂糖をすくいあげ、ゆっくりと作業台の上に広げて練りだす。

「今夜はなにをするの？　アン」

「延ばす、切るをします」

アンもまた銀砂糖をくみあげて、作業台に向かった。

作業棟の外では、陽気な音楽と歌、踊りが続いている。明日は夕暮れから作業棟の竈《かま》に一斉《いっせい》に火が入り、砂糖林檎を煮《につ》詰める作業が始まる。

未《いま》だに頼《たよ》りない手で、アンは自分が拾い集めた小さなかけらを形にするのだ。自分が取り戻《もど》せると見込める技術は、基本の技術だけ。

——それでも形にする。できるはず！

七章　たった一つの小さなもの

砂糖林檎の収穫《しゅうかく》翌日から、天気は芳《かんば》しくなかった。しかし銀砂糖の精製作業はよどみなく続けられる。

作業棟《とう》のすべての竈に火が入れば、煙突《えんとつ》から煙《けむり》、窓から蒸気がもうもうと吹《ふ》きだす。

小雨《こさめ》の降る中、作業棟の中にだけは活気と熱気が満ちていた。

職人と見習いたちは、陽気に歌って鍋《なべ》をかき回す。

アンはその歌に耳を傾《かたむ》けながら、作業台を挟《はさ》んでエリオットと睨《にら》み合うようにして手を動かし続けていた。動きを観察し、分析《ぶんせき》し言葉にして、頭におさめる。目は素早《すばや》く指の動きを追い、頭は必死になってそれを理解しようとする。

精製作業は進み、煮溶《にと》かした砂糖林檎は平たい容器に移され乾燥《かんそう》させられる。そして乾燥が終わり、石臼《いしうす》が動き出す。

六つの作業棟から、石臼の音が響《ひび》き続けていた。

アンとエリオットはその石臼の音を聞きながら、まだ向かい合っていた。

どちらもかなり疲労《ひろう》していたが、この五日間、互《たが》いにできる限りの時間向き合っていた。寝《ね》るのも真夜中。朝は薄暗《うすぐら》いうちから起き出して向き合った。

まるで真剣《しんけん》を持って、互いに牽制《けんせい》しているような緊張感《きんちょうかん》が続いていた。

二人して樽から銀砂糖をくみあげると、同時に作業台の上へ広げた。呼吸を計ったように、二人一緒《いっしょ》に手が動き始めた。その手の動きが、二人ながらに同じリズムで動く。

——今年最初の銀砂糖ができあがる。

ブリジットは黙々《もくもく》とフォークを動かして口に運びながら、それぱかり思っていた。

今夜中に銀砂糖の精製が終わることになったので、オーランドは明日の朝、精製したばかりの銀砂糖を持ってメルビルに発《た》つ。そのために夕暮れ時から荷造りをしていた。

夕食は母屋《おもや》で、古参の職人たちだけでささやかな壮行会《そうこうかい》を開くことになった。

さすがにグレンは出席できなかったが、アンとエリオットも作業をいったんやめて席に着いた。キング、ヴァレンタイン、ナディール も、銀砂糖を碾《ひ》く作業から抜《ぬ》けて母屋にやって来た。

場は終始和《なご》やかだったが、ブリジットはどんな顔をすればいいのかわからず、黙《だま》って食事をしていた。隣《となり》に座るアンが気遣《きづか》うように何度か声をかけてくれたが、それにも適当に相づちを打っただけで、会話にはならない。

オーランドはいつものようににこりともしないのだが、別れを惜《お》しみ、激励《げきれい》する仲間たちには一人一人に声をかけて応《こた》えていた。ブリジットには声をかけてくれなかった。当然だ。ブリジットは「わたしには関係ない」という顔をして、すまして座っているのだから。

「メルビルの工房《こうぼう》って、どんな規模?」

ナディールが興味津々《きょうみしんしん》にオーランドに訊《き》いている。

「俺も見たわけじゃないが、小さいようだな。年寄りが一人で切り盛りしていたからな」

「へぇ、そうなの?」

オーランドは、自分の目で見たこともない、一人で切り盛りできるような小さな工房を立ちあげるつもりだ。ペイジ工房にはこれだけの職人がいて、オーランドに職人頭《がしら》として働いて欲しいと願っているのに、彼はそれを振《ふ》り切って行くのだ。

それは職人の性《さが》だ。充分《じゅうぶん》わかっている。だが。

「ペイジ工房を捨てていくほど、価値のあるものなのかしら?」

思わず、嫌《いや》みったらしく言葉が出た。その場の空気が一瞬《いっしゅん》にして冷え切ったのがわかった。

隣に座ったアンがびっくりした顔をして、

「ブリジットさん!?」

たしなめるように小さく鋭《するど》く呼んだ。

自分の言葉が間違《まちが》っているのはわかっている。職人にとって工房の大きさは関係ない。そこでなにができるかを、職人たちは気にするものだ。それはよくわかっているのに、その場に落ちた気まずい空気にかっとして言葉は止まらなかった。

「まあ、オーランドはペイジ工房がどうなっても関係ないのよね」

「あのねぇ、ブリジット。よくわかってるとは思うけど……」

エリオットが呆《あき》れたように口を開くが、

「待て」

オーランドがエリオットの肩《かた》を摑《つか》んで、その言葉を止める。そして自分が立ちあがる。

「俺に言いたいことがあるみたいだから、聞く。外へ出よう。この場を用意してくれたみんなに失礼だ」

それだけ言うと掃《は》き出し窓《まど》を開けて外へ出た。ブリジットは膝上《ひざうえ》のナプキンを食卓《しょくたく》に投げつけるようにして立ちあがると、彼の後を追った。

オーランドはテラスから下りて、作業棟と母屋の間あたりで立ち止まった。

空には星が瞬《またた》いていた。数日続いた悪天候は、昨日から回復傾向《けいこう》で、今夜は久々に澄《す》んだ夜空だ。作業棟からは明かりが漏《も》れ、銀砂糖を碾く石臼の音が響いている。

腕《うで》組みして、オーランドは厳しい表情でブリジットと向き合った。

「俺が職人頭をやめるのが、気に入らないのは知っている。だが独立は、俺の自由で決められることだ。ブリジットがとやかく言うことじゃない。しかもあの場で言う必要があるのか？」

そんなことは、よくわかっている。けれど面と向かって説教されると、どうしようもなく腹がたつ。

「別に思ったことを言っただけよ。本気でそんな小さな工房を立ちあげるだけで満足なのかしらって、意外だったから」

「工房の規模は関係ない」

「あるわよ。誰《だれ》が聞いたって、ペイジ工房本工房の職人頭っていったら、一目置く。それがなに？　メルビルで一人、工房をやっていますなんて。あらそうですかで終わっちゃうわ」

「それで終わるかどうかは、俺次第《しだい》だ。俺がこれから、自分の名誉《めいよ》を作っていく」

「簡単じゃないわよ、そんなの」

「わかってる」

「わかってないわよ。どれだけ大変だと思ってるの!?」

「それは知らん。だが、ブリジットには関係ないことだ」

頰《ほお》をひっぱたかれたような気がした。

「……関係、ない？」

「関係ない。なぜ俺のことに、ブリジットが首を突《つ》っこむんだ」

関係ない。その言葉はなによりも冷たく、ブリジットの心に突き刺《さ》さった。

「そうよ、関係ないわよ！」

叫《さけ》ぶなり、ブリジットは思いきりオーランドの胸を突き飛ばしていた。不意を衝《つ》かれオーランドは背後によろめいたが、かっとしたらしく、ブリジットの手首を摑んだ。その拍子《ひょうし》にブリジットもバランスを崩《くず》し、オーランドともつれるようにして草原に倒《たお》れこんだ。

オーランドにしがみつくように倒れこみ、はっとして顔を起こすと、オーランドは頭でも打ったのか苦い顔をしてブリジットを見あげている。

「もういい加減にしろ。ブリジット」

心底呆れたようなその言葉に、追い打ちをかけられた。

ブリジットはぱっと立ちあがると、倒れたオーランドに背を向けて駆《か》けた。

草原に倒れこんだオーランドは、星が瞬く夜空を見あげてぼんやりと呟《つぶや》く。

「俺にどうしろというんだ」

抑《おさ》えきれない職人の性。その声に従おうとすると、ブリジットがめちゃくちゃに突っかかってくる。我が儘《まま》いっぱいで、浅はかで、どうしようもないお嬢《じょう》さんだ。だがなぜか放《ほう》っておくのは気が引けて、ついつい手を出してしまう。

砂糖林檎《りんご》の収穫《しゅうかく》の時も、誰もが遠慮《えんりょ》して彼女のものは取ろうとしなかった。そのことがすこし寂《さみ》しそうだったので、つい、彼女のリボンを取ってしまった。

リボンは今、上衣《うわぎ》のポケットに入っている。取ったものは返さないのが決まりだ。返せないのだが、捨てることも出来なかった。

オーランドは、どうすればいいのかわからないものをポケットにしまい込み、明日旅立つ。

幼い頃《ころ》に、砂糖菓子《がし》職人になろうと二人で無邪気《むじゃき》に誓《ちか》ったことも。オーランドがブリジットに砂糖菓子をくれたことも。オーランドが左目を失いながらも、ブリジットを気遣ってくれたことも。すべてが関係ないという言葉で否定された気がした。

――関係ないなら、お礼すら言えないじゃない！

お礼一つも言えないままに、ブリジットは別れを受け入れなくてはならなかった。それは自分が今までずっと愚《おろ》かな行いを続けてきた罰《ばつ》で、今も、わかっていながら、だだをこね続けている罰だ。

――わたしは、職人になりたかった。

そんな思いがこみあげる。もしブリジットが職人であったら、こんなただのこね方はしなかった。同じ職人として、もっとうまく彼と折り合えただろう。

母屋《おもや》のテラスに駆けあがると、ちょうど、食堂の掃き出し窓から出てきたアンと鉢合《はちあ》わせした。ブリジットとオーランドを心配して出てきたのだろう。アンはブリジットの顔を見ると、目を丸くする。

「どうしたんですか？　一人で。オーランドは」

「知らないわ。そこをどいて。気分が悪いから部屋に帰るわ」

「でもブリジットさん。オーランドは」

アンの横を通り抜《ぬ》けようとすると、手を摑まれた。

「放して！」

かっとして、ブリジットはその手をぴしゃりと叩《たた》いていた。アンがびっくりしたように手を引っ込めた。無防備な子犬を叩いたような罪悪感に襲《おそ》われる。

「あ、あなたが悪いのよ！　邪魔《じゃま》するから！　わたしは部屋に帰りたいのに！」

「でもブリジットさん。オーランドは明日、出て行っちゃう。お礼を言うってブリジットさん言ってたのに、お礼は？　言ったんですか？」

「あの人は、わたしには関係ないって言ったのよ！」

「オーランドがなんて言ったって、お礼をしたい気持ちはまた別ですよね」

「そうよ！　あの人がなんて言ったって、お礼はお礼よ。お礼しなきゃいけないものは、したいわよ！　でもわたしはあなたのような砂糖菓子職人じゃないの！　職人みたいに、お礼の気持ちを作ることもできないの！」

ぶちまけるように叫んだ途端《とたん》、アンが、ぎゅっとブリジットの両腕《りょううで》を摑んだ。

「わたしが作ります！」

アンが、真っ直《す》ぐブリジットを見つめていた。

「オーランドに腹が立ってたって、関係ないって言われたって。お礼できるものなら、するんですよね？ だったらわたしが、ブリジットさんの代わりにお礼の砂糖菓子を作ります。同じ、女の子だから。ブリジットさんが渡《わた》したいお礼の気持ちは、わたし、たくさん拾い集めちゃったから。今夜作ります。だからそれをオーランドに渡してください。お礼をしてください」

摑まれた腕は、痛いほどだった。その痛みと摑まれた強い感触《かんしょく》に、不意に泣きたくなる。

ブリジットが望む『お礼』の形を、アンならば作ってくれるのかもしれない。けれど彼女はまだ自分の力を取り戻《もど》しきっていないはずだ。

「あなたは、できない……」

「できます！ 今、やってます！ だからできあがったら、わたしの砂糖菓子を受け取ってください」

言うなり、アンはぱっと身をひるがえし作業棟《とう》の方へ駆《か》けていった。

ブリジットはテラスの手すりにしがみつき、うつむき、呟いた。

「明日の朝までなんて、無理よ。アン」

ブリジットは明日、自分を気遣《きづか》い続けてくれた唯一《ゆいいつ》の人に、お礼の一つも言えずに、無様な別れを受け入れるのだ。その覚悟《かくご》は出来ている。ずっと昔から、ブリジットはそんな覚悟ばかりしていたのだ。今だって、そうするしかないのだ。

アンは食事の半ばで作業棟に駆け戻った。息を切らしながら周囲を見回す。この場でじりじりと這《は》うようにして技《わざ》の習得を進めたのは、ブリジットとオーランドが無意識にこぼした気持ちのかけらを集め、形にするためだ。そしてそれはもう、明日の朝でなければ間に合わない。

アンは窓を見やった。

隣《となり》の作業棟には明かりが灯《とも》り、石臼《いしうす》の音が聞こえている。

もしアンが明日の朝までに形にできなければ、ブリジットとオーランドは互《たが》いに背中を向けて、別々の人生を歩んでしまう。

「駄目《だめ》」

思わず呟いていた。せっかく、アンは拾い集めたのだ。彼らの思いを。

アンは作業台に置かれたはずみ車を手に取った。習得するべき残る技術は、銀砂糖の糸を紡《つむ》ぐ技術のみだ。これができるようになれば、基本の技術をすべてこなせるようになる。

――片手に握《にぎ》る銀砂糖は、掌《てのひら》に握りこめる大きさ。はずみ車の最初は、胸くらいの高い位置に。それから勢いよく……、激しく回転する風車のような勢いで回転をかける。一気に膝《ひざ》あたりまで落として、足のバネを使ってもう一度引きあげる。

二日前から、アンはエリオットと一緒《いっしょ》に糸を紡ぐ作業を続けている。そこで一つ一つ確認《かくにん》し、整理し、頭の中にしまいこんだ技術を反芻《はんすう》する。

反芻しながら、それに沿って自分の指の動きを意識する。

黙々《もくもく》と、アンは手を動かしはじめた。糸が切れる。太さにばらつきが出る。そんなときは、頭の中で理解した手順を、手が確実にこなしていないときだ。

また、やり直す。

「今度こそ……」

呟いてまた銀砂糖に手を触《ふ》れようとしたとき、

「やっぱり、ここだね。食事途中《とちゅう》だったんじゃない？　お腹《なか》すいてない？」

エリオットが困ったような顔をして、作業棟の中に入ってきた。

「あ、すみません、コリンズさん。中座しちゃって。でも……」

「かまわないよ。あの後、場がしらけてすぐにお開きになったからね」

腕まくりしながら、エリオットはちらりとアンに視線をくれる。

「なにするつもりなの？　食事途中で作業に入らなきゃいけない、なにかがあるんでしょう」

「朝までに、一つ砂糖菓子を作ります」

「言ってたよね。基本の技術だけで作る砂糖菓子って。興味あるね。君が間に合うのかと、どんなものを作るのかにね」

エリオットもはずみ車を手にした。

「ほら、やろう。あとすこしで頭の中と手の動きが、つながる」

アンは頷《うなず》き、エリオットが早口で手順を呟《つぶや》きながら動かす手を観察し、再び自分のはずみ車を回す。

何度も何度も、はずみ車は回転した。

真夜中を過ぎた頃だった。アンの指がふいに、ぴりっと痺《しび》れるほど鋭敏《えいびん》な感じがした。頭の中がすっきりとして、指の付け根に自分の意識が存在するような錯覚《さっかく》を覚える。

――なに、これ？　なんの合図？

するすると、アンの指の間から銀砂糖の糸が紡ぎ出された。はずみ車が回り、糸が巻きついていく。銀砂糖の糸は、太さのばらつきなく紡がれている。

握っていた銀砂糖の塊《かたまり》がみるみる小さくなる。

回転しているはずみ車をぱっと片手で受け止め、回転を止めた。ほっと息をつく。

「……できてる……のかな？」

「できてるね」

先に糸を紡ぎ終わっていたエリオットが、作業台にはずみ車を置いた。

「……はい」

やっとここまでできたという達成感よりも疲労《ひろう》が強く、どこかぼんやりとしていた。

自分の指を見つめる。

――まだ、前と同じじゃない。指が勝手に動くほど、体が覚えているわけじゃない。けれど作れる。意識して、指をコントロールして……できる。

指がなにかを覚えているわけではないのに、指の感覚は今までにないほど敏感《びんかん》になっている。

自分の指が、関節一つ分長くなったような不思議な感じだ。触れていない場所まで、触れられるような鋭敏さだ。

「疲《つか》れたでしょう、アン。ちょっと休む?」

疲労が強いらしく、エリオットにもいつもの軽快さはなかった。目の下は落ちくぼんで、隈《くま》が見える。

「休んでる暇《ひま》ないです。作ります、これから!」

言うやいなや、アンは作業棟を飛び出した。

「アン!?」

エリオットの声が背中に当たったが、かまっていられなかった。母屋に帰ると、一直線に自分の部屋に駆《か》け込んだ。そしてベッドに近寄ると毛布をはぐる。

「起きて、お願い。ミスリル・リッド・ポッド！　手伝って欲しいの！」

ベッドの脇《わき》に跪《ひざまず》く。

目をこすりながら起き上がったミスリルは、訝《いぶか》しげに首を傾《かし》げる。

「はぇ？　なんだ、どうした？　アン」

「これから砂糖菓子《がし》を作るの。お願い。手伝って。あなたがいてくれたら、頼《たよ》りになる」

細々《こまごま》した作業をするときに、ミスリルが的確に道具類を揃《そろ》えてくれるのはとても助かる。時間との勝負だ。わずかでも作業の効率をあげる必要がある。

「え、そりゃ、そんなに頼られちゃな〜。断れないよな〜」

「じゃ、作業棟に来て。その前に台所に行って、生卵をもらってきて！」

「え？　生卵？」

きょとんとしたミスリルを置いて、アンはまた作業棟に駆け戻った。戻ると、エリオットが壁際《かべぎわ》の丸椅子《いす》に座り、組んだ足をぶらぶらさせていた。

「助っ人《と》でも呼んできたの？」

「そうです。とっても頼りになります。コリンズさん、ちゃんと寝《ね》てください。わたしはたぶん、これができあがるまで休めないから」

「休みたいんだけどねぇ。基本の技術しか持っていない職人が、どんなふうにして砂糖菓子を形にするのか。なんか好奇心《こうきしん》がうずいて、寝るに寝れなくてね」

そうしているとミスリルが、生卵を抱《かか》えて作業棟《とう》の入り口に現れた。

「持ってきたぞ、生卵。ほら、これどうするんだよ。食って精でもつけるのか?」

「ううん。中身は食べない」

ミスリルから卵を受け取ると、アンは切り出しナイフの柄《え》を使って、卵の底に小さく穴を空けた。それをミスリルに差し出した。

「食べていいよ。でも殻《から》だけは返してね」

ミスリルは卵の穴に手をかざして、瞬《また》く間に中身を吸収した。それからむふふと満足そうに笑って、アンに卵の殻を手渡《てわた》す。

アンは受け取った卵の殻の中に冷水を入れ、すすぐ。それから中を乾《かわ》かすために逆さにして、作業台の上に置いた。

「アン。俺様は卵食って元気潑剌《はつらつ》だ。なにをすればいい?」

「色粉の瓶《びん》を準備して欲しいの。赤と青。それから、緑。できるだけ、曖昧《あいまい》な色がいい。きつすぎない色味で」

「おう!」

てきぱきとミスリルが動き出すと、アンもまた、樽《たる》から銀砂糖をくみあげた。

作業台の上に広げると、すっと息を吸い呼吸を落ち着ける。無闇《むやみ》に手を出してもだめなのだ。まず気持ちを落ち着けて、頭の中にあるものを指先と結ぶ。

ゆっくりと、冷水のカップに手を伸《の》ばした。冷水を均等に銀砂糖に混ぜ、その後、銀砂糖の粒《つぶ》の一つ一つをばらすように広げる。それが瞬《まばた》き、一つ、二つ、三つの間。

それから広げた銀砂糖をまとめて、手首近くを使って練りはじめる。

ミスリルが、アンの目の前に色粉の瓶を並べてくれる。

銀砂糖を練り続けると、銀砂糖がまとまり艶《つや》が出る。

しばらくして銀砂糖に適度な艶が出ると、それを七等分にした。そしてその七分の一の塊を手元に引き寄せ、色粉の赤に手を伸ばす。

――淡《あわ》いピンクが欲しい。

わずかに赤を混ぜ込む。練っていた塊が、空気に溶《と》けそうな淡いピンクになる。するとまた、別の塊を手元に引き寄せ、青系の色粉を混ぜ込む。

――薄《うす》い青がいい。雲の向こうに透《す》けて見える、秋の空みたいに薄い青。

青ができると、今度は青と赤で薄い紫《むらさき》。すこし濃《こ》い青。青と見間違《みまちが》えそうな緑。淡い緑と黄の中間色。

最後の銀砂糖の塊は、白いままにした。

その七つの色を作業台の上に並べて色の調和を見た。調和は悪くない。そう確信すると、分けた七つの色を再び一つにまとめた。

ただ混ぜるのではない。隣《とな》り合う色は微妙《びみょう》に溶け合いながらも、七つの色はすべて独立した色味として残すように。混ぜすぎてはいけない。

七色のグラデーションを作りたかった。

それは複雑でふわりとして溶け合う、幻想的《げんそう》な色味になる。

グラデーションになった塊の端《はし》っこを、アンは小さくちぎりとった。

それを掌《てのひら》の上でころころと丸める。子供の頃《ころ》に作った泥《どろ》団子みたいに、綺麗《きれい》に綺麗に丸くなれと思いながら丸めていく。

艶々《つやつや》となめらかで丸く、小さくて。それは見ているだけで愛らしい丸さだ。

できあがった七つのグラデーションの珠《たま》は、ちょうど卵の底に空いた穴にすっぽり入る大きさ。卵の底から、殻の中に珠を入れる。

今まで見たこともない手順に、ミスリルは目を白黒させているし、作業を見つめるエリオットの目が真剣《しんけん》になる。膝《ひざ》に頰杖《ほおづえ》をついて、じっとアンの手に視線を注ぐ。

アンはもう一度樽から銀砂糖をくみあげて練った。今度は薄い山吹《やまぶき》色に色づけた。それからはずみ車を手に取ると、その山吹色の銀砂糖を糸に紡《つむ》ぎはじめた。

するすると、アンの指先から山吹色の細い糸が紡ぎ出される。それは細くなり、艶《つや》めくと、ほんのり暖かみのある金色になった。

次に、七色の珠を入れた卵の殻を取りあげた。空いた穴を上に向け、ミスリルに差し出す。

「ミスリル・リッド・ポッド。これ、頭の上で両手で支えてくれる?」

「おう」

　ミスリルは頭上でしっかりと卵の殻を支えてくれる。

「行くね」

　金の糸を巻きつけたはずみ車を再び手にする。そしてはずみ車から糸を慎重《しんちょう》に引き出すと、片腕《かたうで》の長さほどのところで切る。

　切った糸をゆっくりと卵の殻に巻きつけていく。

　縦に。横に。斜《なな》めに。不規則に何重にも、ぐるぐると卵を巻いていく。

　ある程度の糸が縦横にかかると、ミスリルの手からそっと卵を取りあげた。そしてそれに優《やさ》しく息を吹《ふ》きかける。銀砂糖の糸は、この程度でもあっという間に乾いてくれる。

「固まったよね」

　軽く触《ふ》れて確認《かくにん》すると、道具入れから針を取り出した。そして掌の上にある、金の糸を巻きつけた卵の殻に、こつこつと針を突《つ》き立てはじめる。

　殻全体にまんべんなく針を突き立てる。卵の殻は徐々《じょじょ》にひび割れた。

　さらに執拗《しつよう》にアンは針を突き立てた。すると卵の殻が、底に空けた口のあたりからぽろぽろと崩《くず》れはじめた。くずれた細かな殻は、金の糸の隙間《すきま》を通りアンの足元に落ちていく。

　アンはこつこつと卵の殻をつつく。まるでその中に眠《ねむ》るなにかを、優しく揺《ゆ》り起こそうとしているような気持ちになってくる。

——人の気持ちなんてこんなものなんだ。

自分だってブリジットのもどかしさを、とやかく言える立場じゃない。シャルが恋人《こいびと》になってくれたのに、それに応《こた》えることもできずに戸惑《とまど》ってばかりいる。自分もこうやってすこしずつ殻を砕《くだ》いて、もっと素直《すなお》に思うままにできればいい。

——もう一度大好きと、口に出して言いたい。

足元に小さく殻の山ができると、アンの手には、目の粗《あら》い繭《まゆ》のような玉が残った。それは淡い金色で、中身は空洞《くうどう》だ。空洞の中には、七色の小さな珠が入っている。

アンはもう一度はずみ車を手にすると、銀砂糖の糸を紡ぐ。そこから金の糸を引き出す。そして再び、目の粗い金色の繭の上にさらに不規則に糸を巻きはじめた。

縦に横に、斜めに。幅《はば》も巻き方も、不規則に。それはだんだん、細かい網目《あみめ》となってくる。中の淡い色の珠はほとんど見えなくなった。けれど金の細かな網目を通して、中身はかすかに透けている。

急に、目がちかちかと痛んだ。

窓から、朝日が射《さ》しこんでいた。窓の外に見えるなだらかな丘《おか》の向こうから、夜露《よつゆ》に濡《ぬ》れた草原を照らして太陽が昇《のぼ》っていた。

アンの手の中にあった砂糖菓子《がし》も、朝日を受ける。

すると砂糖菓子は温かい輝《かがや》きをおびた。掌のくぼみの上で、それはまるでアンの胸の中から

生まれたように、丸くて可愛《かわい》らしかった。小さくきらきらとしている。そしてその金の輝きの中心で、淡くて複雑な色がほんのわずかに透けている。

もろくて、壊《こわ》れやすくて、掌にすっぽりと入るほど小さい。けれど淡い複雑な思いを抱《いだ》くものだ。

——作れた。やっと、これだけ。

以前のアンの作品に比べれば、笑いたくなるほど単純で小さな砂糖菓子だ。

だが一度失って、再度手に入れた力が形になった。

やっと、ようやくの一歩を踏《ふ》み出せた。

たった一つの、小さなものだ。

エリオットが立ちあがり、アンが両掌の上に乗せた砂糖菓子を見つめる。そして微笑《ほほえ》んだ。

「それがなにかって問われたら、明確には答えられないな。けどそれ、アンが今、自分の胸の中から取りだしたみたいだよね」

これはブリジットの心の形だ。そして同時に、アンの心の形でもある。これは恋《こい》を知った女の子の心の形だ。

「綺麗だね。なんともいえず……可愛いよ」

まるで恋人に囁《ささや》くようにエリオットの声は優しく甘かった。その声はアンの掌にある砂糖菓子に向けられているのだ。彼は今、その砂糖菓子になにかを見ているようだった。

まだ出会えていない、未来の、愛《いと》しい人へ囁いたのかもしれない。

馬のいななきが聞こえた。エリオットは訝《いぶか》しげに顔をあげ、出入り口へ向かって行き、外を覗《のぞ》く。

「オーランド!?」

覗いた途端《とたん》に、エリオットは叫《さけ》んだ。

「馬を引き出してんのか!? もう出て行くつもりか!? そりゃないだろう、まったく!」

慌《あわ》てたように飛び出していった。

確かにオーランドは、今朝出発するとは言っていた。だがその場に居合わせた誰《だれ》もが、朝食後に別れを惜《お》しんでからの出発だろうと思っていた。というよりは、それが普通《ふつう》の行動だ。

「ミスリル・リッド・ポッド！　わたし行かなきゃ！」

「え？　あ、おおっ！　行ってこい！」

ミスリルはなにがなんだかわからないようだったが、とりあえず励《はげ》ましてくれた。アンは作ったばかりの砂糖菓子を両手の中に庇《かば》うようにして走り出す。

厩《うまや》の近くで、エリオットとオーランドが押し問答している。

アンはそれをちらりと目の端《はし》にとらえたが、真っ直《す》ぐ母屋《おもや》に向かった。玄関《げんかん》には回らず、直接テラスにあがるとブリジットの部屋の掃《は》き出し窓《まど》へ駆《か》け寄った。

「ブリジットさん！」

ガラスを叩《たた》くと、カーテンが開く。ガラスの向こうに、目の赤いブリジットがいた。

「出てきて！　オーランドが行っちゃう！」

それを聞くと、ブリジットは慌てて鍵《かぎ》を開け外へ出てきた。アンの前をすり抜《ぬ》けテラスの手すりに駆け寄ると、エリオットと問答しているオーランドを見つめる。

「馬鹿《ばか》じゃないの……こんな早朝に出て行くつもりなの……」

常識外れの行動に腹が立ったらしく、ブリジットはいきなり裸足《はだし》のままテラスを飛び降りた。

「ブリジットさん！」

アンは彼女の後を追い、後ろから二の腕《うで》を摑《つか》んだ。

「待って、ブリジットさん！　まさかオーランドを罵倒《ばとう》したりしないですよね!?」

「罵倒するわよ！　工房《こうぼう》のみんなに挨拶《あいさつ》もせずに行こうとしてるのよ！」

「わかりました！　じゃあ、ついでにこれを渡《わた》して『お礼』を言ったら、言いたいこと言ってください！　罵倒でもなんでも！」

目の前に突きつけられた砂糖菓子に、ブリジットは息を吞《の》み、目を見開く。

「作りました。これは、ブリジットさんのものです」

「これは……？」

「ブリジットさんの気持ちが形になったら、たぶん、こんな形だろうって」

掌のくぼみにおさまる淡《あわ》い金の繭。柔《やわ》らかな金色の不規則な網目の奥から、優しい複雑な色の珠が透《す》けている。

「これが、わたしの形なの？」

恐《おそ》る恐る、ブリジットは金の繭を手に取った。両掌《てのひら》に乗せじっと見つめる。その頰《ほお》が徐々に、まるで恋の告白をしたときのように薄《うす》く染まる。はにかむように呟《つぶや》く。

「たぶん。そうね……こんな形だわ……わたしは……オーランドに……」

ブリジットがオーランドに言いたかった「お礼」の中にある本当の意味に、彼女はやっと気がついたようだった。

その砂糖菓子は、ブリジットの胸の中から生まれたのだから。彼女のきらきらした、不安で、複雑な気持ちそのものだ。アンが精一杯《せいいっぱい》かき集め、やっと取り戻《もど》したわずかな力で形にした小さな砂糖菓子だ。小さな幸福を招けと願い、形にしたものだ。

その形が表すものを、ブリジットは汲《く》み取ってくれた。小さな砂糖菓子を見つめる彼女の瞳《ひとみ》には、自分の心を見つめて、認めて、どこかほっとしているような色がある。

「それがブリジットさんの思いと同じだったら、渡してください。それを渡したい人に」

告げると、ブリジットは顔をあげ、言い合いをしているエリオットとオーランドに視線を向けた。そして意を決したようにアンに向かって頷《うなず》き、さっと駆けだした。

アンも彼女を追った。

言い合うエリオットとオーランドの声がはっきり聞こえる。

「いいからちょっと待てっ！　オーランド」

「何度も言わせるな。挨拶は昨夜すんだはずだ。そのための夕食だろう」

「けど早朝こっそりなんて、夜逃《よに》げじゃないんだからさ！」

「俺の見送りをさせるくらいなら、仕事をさせろ。おまえは長代理《おさ》だろう」

二の腕を摑まれていたオーランドは、苛立《いらだ》ったように振《ふ》りほどく。

「とにかく、見送りは必要ない」

「オーランド！」

彼らに駆け寄ったブリジットが呼ぶ。

言い合いをしていた彼らは、ブリジットとアンが近づいてきたことに気がついていなかったらしい。びっくりしたように二人ながらにこちらを見た。そしてさらに二人は、驚《おどろ》いた顔になる。ブリジットが寝間着《ねまき》姿で、しかも裸足だったからだ。

「待って、オーランド」

「なにしてるんだ、ブリジット」

オーランドが呆《あき》れたように問う。ブリジットは息を整えながら、オーランドを見つめる。

「あなたにお礼が言いたくて。だから、来たの」

「お礼？」

オーランドは、何のことかわかっていないらしく眉《まゆ》をひそめた。ブリジットは頷き、呼吸を整え終わるとようやく口を開く。

「オーランド。以前、わたしに子猫《こねこ》の砂糖菓子をくれたでしょう？」

言われた途端に、オーランドはブリジットから目をそらした。

「そのことか」

「アンに聞いた。それに子猫を作ってくれるなんて、オーランドしかいない。あの三毛猫《みけねこ》、わたしとオーランドしか知らなかったもの」

「それは……。確かにそうだ。でもあれは詫《わ》びの意味が」

「意味なんてなんでもいい」

オーランドの言い訳を遮《さえぎ》るように、ブリジットは声を重ねた。

「ただ嬉《うれ》しかったの、とっても。本当に嬉しかった。オーランドがあの猫のことを覚えていてくれたのも嬉しかったし、わたしに砂糖菓子を作ってくれたのも嬉しかった。わたし子供の時は、我が儘《まま》で甘ったれで、お礼なんて言えなかった。だけど今なら、オーランドがくれたものがどれだけ素敵《すてき》なものかわかるの。だから」

そしてブリジットは、両の掌に乗せた金の繭《まゆ》をそっと差し出した。

「ありがとう。オーランド」

ブリジットの睫《まつげ》が震《ふる》えている。横顔は朝日に照らされ、金の髪《かみ》がとろけるような蜂蜜《はちみつ》色に輝き、彼女はとても美しかった。

「これを、受け取って。これがたぶん、わたしの気持ち。今のわたしの心の形」

砂糖菓子《がし》を見つめて、オーランドは息を呑んだようだった。

砂糖菓子職人は、砂糖菓子を作る時に作るものの意味を必ず考える。色の意味、形の意味、輝《かがや》きの意味。意味があるから輝くし、形になるし、様々な色を持つのだ。

意味がなければ形にならない。

だから職人なら、わかるはずなのだ。

作るものの色や、形や、輝き。それらにこめられた意味を。

職人だからこそ。

「これを、俺が受け取ってもいいのか?」

ブリジットは迷いなく頷く。

彼女の手から砂糖菓子を受け取ったオーランドは、それを掌の上で何度か転がし、眺《なが》めていた。彼の掌の上で、それは淡く輝き、震えているようにすら見える。

ブリジットが恥《は》ずかしそうにうつむく。

するとオーランドが、ためらいがちに、ゆっくりとブリジットの髪に触《ふ》れた。

「ありがとう」

静かに、オーランドが礼を口にした。するとブリジットは、どこか安心したように顔をあげた。そして急に目を見開くと、頬が薔薇色《ばらいろ》に染まる。

オーランドが微笑《ほほえ》んでいたのだ。

エリオットに肩《かた》を叩《たた》かれた。

彼は目配せして、行こう、とアンを促《うなが》した。アンも静かに頷き、オーランドとブリジットをそのままにして、ゆっくりと母屋《おもや》へ向かった。

母屋の玄関《げんかん》に到着《とうちゃく》すると、エリオットがため息をつきながら首を回す。

「しばらくは、ブリジットがひきとめてくれそうだね。でも、まあ、他《ほか》の連中を起こしてくるよ。見送りくらいしたいだろうからね」

言うと、エリオットは苦笑《くしょう》して片目をつぶり、母屋の中に入っていった。

アンは玄関の前庭に立ち、二人の姿を遠く眺めていた。

向かい合う二人の距離《きょり》は縮まらないが、離《はな》れることもなかった。お互《たが》いを探《さぐ》るように、だが離れがたくて戸惑《とまど》っているようだった。

疲《つか》れが不意におそってきて、アンは軽く目を閉じると玄関ポーチの柱にもたれかかった。眠《ねむ》くて、くたくたなのに、気分はとても穏《おだ》やかだった。

技術を失ったと知り絶望し、強がり、懸命《けんめい》に歩き出した。その間ただ闇雲《やみくも》に突《つ》き進み、立ち止まる余裕《よゆう》さえなかったが、今やっとふと立ち止まり、深呼吸して、幸せだと思えた。

オーランドに自分の心を差し出したブリジットが、とても素敵だった。アンも彼女のように、シャルの目を見てもう一度大好きと言いたい。

そして恋人《こいびと》として向き合うのだ。

そうでなければオーランドとブリジットのように、とんでもない遠回りをする。もう、散々自分たちは遠回りをしてきた気がするので、これ以上は必要ないだろう。

「大丈夫《だいじょうぶ》。わたしは、ちゃんと言える」

自分を励《はげ》ますために呟いたときだった。

「誰《だれ》になにを言うつもりだ？」

突然《とつぜん》、声が聞こえた。そこにいるはずのない人の声だったので、飛びあがってふり返った。

「シャル!?」

朝日を受けて、夜露《よつゆ》をまとった草原が輝くのを背景に、シャルがこちらに向かって来る。

光を受けた羽は淡《あわ》い銀に輝いて、艶《つや》めく黒い瞳は相変わらず息を呑《の》むほどに美しかった。彼はまるで、昨夜もここにいたかのように、再会を喜ぶふうでもなく、いつものように気負いなく近づいてくる。

「……お、おかえり……。シャル。はやかったね。半月くらいかかるって言ってたから、帰ってくるのはまだ先かと思ってた」

「必要な答えは手に入れた。それにしても……ひどい顔だな。ろくに寝《ね》ていないな」

正面に立つとシャルはアンの頬に手を添《そ》えた。いきなりひどい顔と言われ、アンは苦笑する。

「うん。ひどいよね、わたしの顔。でもそのおかげで砂糖菓子の基本的な技術は使えるようになった。成形の技術はこれからだけど、それでも……進歩よ」

「そうか。それで？」

「それでって、なにが？」

小首を傾《かし》げる。

「誰になにを、ちゃんと言うんだ？」

「あ、えっと。それは」

見つめられると、いつものように照れが先だって及《およ》び腰《ごし》になる。だがそれをぐっとこらえた。

──駄目《だめ》よ。ブリジットさんみたいに、ちゃんとするの。

顔をあげて口を開こうとするが、胸がドキドキしてどうしようもない。掌《てのひら》で胸を押さえる。

「ごめん。ちょっとなんだか、緊張《きんちょう》しすぎて。動悸《どうき》が」

シャルはくすっと笑って、

「なにをしようとしてるかしらないが、無理をする必要はない」

「ううん。言わなきゃいけないの、シャルに」

「ゆっくりでいい。俺はおまえのものだ、おまえが望むだけ待ってやれる」

まごつくアンとは逆に、シャルは迷いなく言う。シャルにばかりそんな言葉をもらう自分は、ひどく甘ったれのような気がした。

もう一度顔をあげシャルを見つめた。アンも少しだけ、大人になる必要がある。

「わたし……。わたし、シャルが大好き。大好きなの。あんなどさくさじゃ、ちゃんと気持ちが伝わってないかもしれないから……。だから、もう一度言う。恋人にして欲しい」

恥ずかしくて、恥ずかしくて、小さくなってシャルのポケットに潜《もぐ》りこみたくなるほど恥ずかしかった。自分がみっともないほど赤い顔をしているのがわかったので、うつむいた。

するとシャルの手が、優《やさ》しく顎《あご》に触れアンの顔をあげさせた。促され顔をあげると、シャルは身をかがめアンに口づけた。

びっくりしたが、飛び退《の》いたりせずそのまま目を閉じた。音がなにも聞こえなくなった。

心の中で数える。まるで雲の上に立っているように体がふわふわする。

──三回目。

──初めて知った。キスって……甘い。

砂糖菓子のように、シャルとの口づけは甘かった。

シャルが唇《くちびる》を離すと、アンの耳に再び音が戻《もど》った。すると同時に、ミルズフィールドへ続く道の方から、駆《か》ける馬の蹄《ひづめ》の音が聞こえた。

そちらを見やると、誰かが馬を飛ばしてこちらに向かって来る。服装からすると、貴族の従者のようだ。そして徐々《じょじょ》に近づいてくるその人が、いつだったか、ヒューの使いだと言ってルイストンのパウエル・ハルフォード工房《こうぼう》にやって来た人物だとわかった。

「あれは……」

馬は瞬《また》く間に近づいてきて、母屋の前庭に飛び込んできた。従者は手綱《たづな》を引き馬をなだめ、鞍《くら》から飛び降りた。馬の手綱を引きながら近寄ってきて、そこにいたのがアンだと気がつき、

「おおっ」と嬉《うれ》しそうな顔になる。

「よかった！　あなたと、そしてペイジ工房派の長《おさ》代理に、銀砂糖子爵《ししゃく》から急ぎの命令です。書をしたためる時間もないので、口頭でと言われまして」

「そんなに急ぎって、なんでしょうか」

「ペイジ工房派本工房並びに、その配下の工房に命令です。砂糖林檎《りんご》の収穫《しゅうかく》は即刻《そっこく》中止し、精製も中止するようにとのことです。近隣《きんりん》の無派閥《はばつ》の工房にも、ペイジ工房から連絡《れんらく》せよとのことです」

「中止？　中止と言ったんですか？　子爵は」

信じられずに、問い返していた。

「はい。そして、ハルフォードさん。あなたはすぐに、ウェストルへ来て頂きたいとのことです。お連れの妖精《ようせい》の方々もともにと。あと長代理のエリオット・ペイジさんも、ウェストルに

来るようにと。シルバーウェストル城で、派閥の長を集めて緊急《きんきゅう》の会議をなさるそうです」

「なんでですか？　子爵は、理由を言っていましたか？」

あまりに突然で、しかも突拍子《とっぴょうし》もない命令に啞然《あぜん》とする。

「いいえ、明確にはなんとも。ただ、このままでは砂糖菓子《がし》が消える、とだけ」

「消える？」

幸福な気持ちが砕《くだ》け、背筋が凍《こお》るような恐《おそ》ろしさを感じた。

──消えるって、なぜ？

作業棟《とう》の方からは、昨夜精製したばかりの銀砂糖の香《かお》りがしている。甘い香りが朝日の中にたゆたっていたが、丘《おか》から吹《ふ》き下りてきた風に散っていった。


「あなた、変な人だね」

エリルは自分の名前を忘れた妖精と並んで、最初の砂糖林檎の木の根元に座っていた。

ラファルは不機嫌《ふきげん》そうに、すこし離れた場所に座っている。彼はこの赤い目の、ちょっとおかしな妖精が気に入らないらしい。けれどエリルは、彼のことが面白《おもしろ》くて仕方がなかった。

「そうかの？」

「自分の名前を、忘れる？　名前は響《ひび》きだよね。自分の響きが名前になるのに」

「長く生きすぎると、彼我《ひが》の区別がつきづらくなってのう。ごちゃ混ぜになるのじゃ」

「長くって、あなたどれくらい生きているの？　銀砂糖妖精筆頭」

「そうよの。三千年は経《た》ったか」

「三千年！」

驚《おどろ》いて、エリルは目を丸くした。

「そんなに生きてるの？　寂《さみ》しくないの？　退屈《たいくつ》しないの？」

「寂しくはあるが、もう慣れたの。退屈は退屈じゃが、千年ごとに転換期《てんかんき》が来るでな。それが唯一《ゆいいつ》の楽しみじゃ。残るか、消えるか。博打《ばくち》の時じゃ」

自分の名前すら忘れた、赤い目の銀砂糖妖精筆頭は、ゆらゆらと揺《ゆ》らめく青い空を見あげる。

そしてどこか意地悪く、にっと笑う。

「今が、転換期じゃよ。さて、ことによるとこの世から砂糖菓子が消えるやもな」

あとがき

皆様《みなさま》、こんにちは。三川みりです。

このところずっと妖精《ようせい》だの王国だのと、すったもんだを繰《く》り広《ひろ》げていましたが、今回は久しぶりに職人的なお話です。

前巻から『砂糖林檎《りんご》編』がはじまりましたが、前巻ではアンの受難がピークに達し、ラストがとんでもないことになったので「皆様から袋《ふくろ》だたきにあわないかしら……」と、びくびくでした。罪滅《つみほろ》ぼし的な意味で、今回はそのようなことにならないように心がけました。

あまりに心がけすぎて、担当様に初稿《しょこう》を読んで頂いた後の一番の指摘《してき》が、

「シャルがアンに〇〇しすぎです」

でした……。

指摘頂き気がつきましたが、ほんとうに遠慮《えんりょ》（節操？）がない。彼もわたしも何巻にも渡《わた》り、じりじりと我慢《がまん》に我慢を重ねたもので歯止めがきかなかった模様です。はっと冷静になり、普《ふ》段《だん》の彼らしくなりました。

なにはともあれ楽しんで頂ければいいな、と思います。

さて。話は変わります。

実は二〇一二年一一月より、白泉社様が運営されておられる、花とゆめONLINEにて「シュガーアップル・フェアリーテイル」がコミカライズされています。（二〇一三年一月現在）コミックを描《か》いてくださっているのは、漫画家《まんがか》の幸村アルト先生です。シュガーアップルのはじまりである「銀砂糖師と黒の妖精」を、とても丁寧《ていねい》に、繊細《せんさい》に、描いてくださっています。本当に丁寧で頭が下がります。

特にミスリルの初登場シーンは、漫画で表現して頂くと印象深くて、改めて感慨《かんがい》もひとしおでした。漫画の表現方法というのは素敵《すてき》だと思います。

パソコン、またはスマートフォンから、花とゆめONLINEのページをご覧頂くと、読めるようになっています。そしてびっくりすることに無料です。担当様とともに、

「あの完成度のコミックを無料で読んでいいのか!?」

と、ドキドキしておりますが、ご覧になって頂ければ嬉《うれ》しいです。

「水の王様」が書きあがった頃《ころ》から、この「金の繭《まゆ》」まで、個人的な事情で担当様にはそれはそれは大変なご迷惑《めいわく》をおかけいたしました。ご迷惑ばかりおかけしたのに、様々にお気遣《きづか》いを頂き感動するやら申し訳ないやらで、ほんとうに感謝しております。ありがとうございます。これからもたくさんのご迷惑をおかけするとは思いますが、引き続き、よろしくお願いいたします。

挿絵《さしえ》を描いてくださる、あき様。前回の「水の王様」のカバーイラストも、美しすぎて呆然《ぼうぜん》としました。毎回、毎回、前よりすごい！　と思うのは、本当に希有《けう》なことだなと思います。ありがとうございます。今回もとっても楽しみです。

読者の皆様。なるべく、頂いたお手紙には、半年に一度お返事しようとがんばっていたのですが、自分の周囲が落ち着かずお返事できない状態になっています。それでもお手紙は大切に読んでいます。元気をもらえます。お返事できるようになりましたら、またお返事したいと思っています。

読んでくださる読者の方々がいてこその本なので、皆様への感謝がつきません。

気が向きましたら、またアンたちにおつきあい頂ければ嬉しいです。

三川　みり

BEANS BUNKO

「シュガーアップル・フェアリーテイル 銀砂糖師と金の繭」の感想をお寄せください。
おたよりのあて先
〒102-8177 東京都千代田区富士見2-13-3
株式会社KADOKAWA 角川ビーンズ文庫編集部気付
「三川みり」先生・「あき」先生
また、編集部へのご意見ご希望は、同じ住所で「ビーンズ文庫編集部」
までお寄せください。

シュガーアップル・フェアリーテイル 銀砂糖師《ぎんざとうし》と金《きん》の繭《まゆ》

三川《みかわ》みり

角川ビーンズ文庫 17759

平成25年1月1日 初版発行
令和6年3月5日 6版発行

発行者――山下直久
発 行――株式会社KADOKAWA
〒102-8177 東京都千代田区富士見2-13-3
電話 0570-002-301（ナビダイヤル）
印刷所――株式会社KADOKAWA
製本所――株式会社KADOKAWA
装幀者――micro fish

ISBN978-4-04-100637-5 C0193 定価はカバーに明記してあります。

◆◇◇

角川ビーンズ小説大賞
原稿募集中!
君の〝物語〟がここから始まる!
角川ビーンズ小説大賞がパワーアップ!
https://beans.kadokawa.co.jp
詳細は公式サイトでチェック!!!
【一般部門】&【WEB テーマ部門】
賞金 大賞 100万円
優秀賞 30万円
他副賞
締切 3月31日
発表 9月発表(予定)
イラスト/紫 真依